OS ABISMOS

Os abismos

Pilar Quintana

TRADUÇÃO DE
Elisa Menezes

© 2021, Pilar Quintana
© 2021, Penguin Random House Grupo Editorial, S.A.U.

TÍTULO ORIGINAL
Los abismos

REVISÃO
Laiane Flores
Rayana Faria

PROJETO GRÁFICO E DIAGRAMAÇÃO
Ilustrarte Design e Produção Editorial

IMAGEM DE MIOLO
Shutterstock | Alena Novik

DESIGN DE CAPA
Elisa von Randow

IMAGEM DE CAPA
Manuela Eichner

CIP-BRASIL. CATALOGAÇÃO NA PUBLICAÇÃO
SINDICATO NACIONAL DOS EDITORES DE LIVROS, RJ

Q67a

    Quintana, Pilar, 1972-
       Os abismos / Pilar Quintana ; tradução Elisa Menezes. -
1. ed. - Rio de Janeiro : Intrínseca, 2022.
       272 p. ; 21 cm.

       Tradução de: Los abismos
       ISBN 978-65-5560-579-2

       1. Ficção colombiana. I. Menezes, Elisa. II. Título.

21-74431
                    CDD: 868.993613
                    CDU: 82-3(862)

Meri Gleice Rodrigues de Souza - Bibliotecária - CRB-7/6439

[2022]
Todos os direitos desta edição reservados à
Editora Intrínseca Ltda.
Av. das Américas, 500, bloco 12, sala 303
22640-904 – Barra da Tijuca
Rio de Janeiro – RJ
Tel./Fax: (21) 3206-7400
www.intrinseca.com.br

Para minhas irmãs

*Minha alma se precipita de um abismo sombrio e repulsivo
que me penetra viscoso pela boca, pelos ouvidos, pelo nariz.*

**Fernando Iwasaki,
"El extraño"**

Sumário

Primeira parte	11
Segunda parte	77
Terceira parte	139
Quarta parte	223

Primeira parte

Havia tantas plantas no apartamento, que nós o chamávamos de a selva.

O prédio parecia saído de um filme futurista antigo. Formas retas, *pilotis*, muito cinza, grandes espaços abertos, janelas panorâmicas. O apartamento era duplex e a grande janela da sala ia do chão ao teto, que cobria os dois andares. Embaixo o piso era de granito preto com veios brancos. Em cima, de granito branco com veios pretos. A escada era de tubos de aço preto e degraus de tábuas polidas. Uma escada nua, cheia de vãos. Em cima, o corredor dava para a sala, como uma sacada, com gradil de tubos iguais aos da escada. De lá se contemplava a selva, abaixo, espalhada por toda parte.

Havia plantas no chão, nas mesas, em cima do aparelho de som e do bufê, entre os móveis, em plataformas de ferro forjado, e vasos de barro pendurados nas paredes e no teto, nos primeiros degraus da escada e em lugares que não podiam ser vistos do segundo andar: a cozinha, a lavanderia e o lavabo. Havia de todos os tipos. De sol, de sombra e de água. Algumas poucas, os antúrios vermelhos e as orquídeas-garças-brancas, tinham flores. As outras eram verdes. Samambaias lisas e crespas, moitas com folhas rajadas, manchadas, coloridas, palmeiras, arbustos, árvores enormes que se davam bem em vasos e ervas delicadas que cabiam na minha mão de criança.

Às vezes, ao andar pelo apartamento, eu tinha a impressão de que as plantas se esticavam para me tocar com suas folhas feito dedos, e que as maiores, em um bosque atrás do sofá de três lugares, gostavam de envolver as pessoas que se sentavam ali ou assustá-las com um toque.

Na rua havia dois ipês que tapavam a vista da varanda e da sala de estar. Nas estações de chuva eles perdiam as folhas e ficavam carregados de flores rosadas. Os pássaros pulavam dos ipês para a varanda. Os beija-flores e os siriris, os mais atrevidos, espiavam a sala de jantar. As borboletas iam sem medo da sala de jantar para a de estar. Às vezes, à noite, entrava um morcego voando baixo, como se não soubesse para onde ir. Minha mãe e eu gritávamos. Meu pai pegava uma vassoura e ficava em meio à selva, parado, até o morcego sair por onde havia entrado.

À tarde, um vento fresco descia das montanhas e atravessava Cáli. Despertava os ipês, entrava pelas janelas abertas e sacudia também as plantas de dentro. O alvoroço que se formava era igual ao das pessoas em um show. Quando o sol se punha, minha mãe as regava. A água enchia os vasos, escoava pela terra, saía pelos buracos e caía nos pratos de barro soando como um riacho.

Eu adorava correr pela selva, ser acariciada pelas plantas, ficar no meio delas, fechar os olhos e ouvi-las. O fio da água, os sussurros do ar, os galhos nervosos e agitados. Adorava subir a escada correndo e olhar para ela do segundo andar, como da beira de um precipício, os degraus parecendo o penhasco partido. Nossa selva, rica e selvagem, lá embaixo.

Minha mãe sempre estava em casa. Ela não queria ser como a minha avó. A vida inteira me disse isso.

Minha avó dormia até o meio da manhã e minha mãe ia para a escola sem vê-la. À tarde minha avó jogava lulo com as amigas e, quando minha mãe voltava da escola, de cinco dias não estava em quatro. Quando estava era porque lhe cabia receber o jogo de cartas em casa. Oito mulheres na mesa da sala de jantar fumando, rindo, jogando baralho e comendo *pandebono*. Minha avó nem olhava para a minha mãe.

Uma vez, no clube, minha mãe ouviu uma senhora perguntar à minha avó por que não tinha mais filhos.

— Ai, minha filha — disse minha avó —, se eu pudesse ter evitado, nem esta teria tido.

As duas mulheres gargalharam. Minha mãe acabara de sair da piscina e estava pingando. Sentiu, ela me disse, que alguém lhe abria o peito, enfiava a mão lá dentro e arrancava seu coração.

Meu avô chegava do trabalho no fim da tarde. Abraçava a minha mãe, fazia-lhe cosquinhas, perguntava sobre o seu dia. De resto, ela cresceu sob os cuidados das empregadas que se sucediam ao longo do tempo, pois minha avó não gostava de nenhuma.

Na nossa casa as empregadas também não duravam.

Yesenia vinha da Floresta Amazônica. Tinha dezenove anos, os cabelos lisos até a cintura e os traços brutos das estátuas de pedra de San Agustín. Nós nos demos bem desde o primeiro dia.

Meu colégio ficava a poucos quarteirões do nosso prédio. Yesenia me levava a pé de manhã e à tarde me esperava na saída. No caminho me falava da sua terra. As frutas, os animais, os rios mais largos que qualquer avenida.

— Isso — dizia apontando para o rio Cáli — não é um rio, é um riacho.

Uma tarde chegamos e fomos direto para o quarto dela. Um quartinho com banheiro e uma janelinha ao lado da cozinha. Nós nos sentamos na cama, uma de frente para a outra. Havíamos descoberto que ela não conhecia as canções nem os jogos de mãos. Eu estava lhe ensinando o meu preferido, o das bonecas de Paris. Ela errava todos os movimentos e nós caíamos na gargalhada. Minha mãe apareceu na porta.

— Claudia, faz o favor de subir.

Estava seríssima.

— O que foi?

— Já falei para subir.

— Estamos brincando.

— Não me faça repetir.

Olhei para Yesenia. Ela, com os olhos, me disse para obedecer. Eu me levantei e saí. Minha mãe pegou minha maleta do chão. Subimos, entramos no meu quarto e ela fechou a porta.

— Não quero mais te ver tendo intimidades com ela.

— Com a Yesenia?

— Com nenhuma empregada.

— Por quê?

— Porque é a empregada, menina.

— E o que é que tem?

— Que você se apega a elas e daqui a pouco elas vão embora.

— Yesenia não tem ninguém em Cáli. Pode ficar com a gente para sempre.

— Ai, Claudia, não seja tão ingênua.

Poucos dias depois Yesenia foi embora sem se despedir, enquanto eu estava no colégio.

Minha mãe me disse que tinham ligado de Letícia e que ela precisou voltar para a família. Eu suspeitava que não fosse verdade, mas minha mãe manteve sua versão.

Em seguida chegou Lucila, uma senhora idosa de Cauca que não me dava nenhuma bola e foi a empregada que ficou mais tempo conosco.

Minha mãe fazia suas tarefas de dona de casa pela manhã, quando eu estava no colégio. As compras, as providências, os pagamentos. Ao meio-dia ela buscava o meu pai no supermercado e eles almoçavam juntos em casa. À tarde ele levava o carro para o trabalho e ela ficava em casa esperando por mim.

Na volta do colégio eu a encontrava na cama com uma revista. Ela gostava da *¡Hola!*, da *Vanidades* e da *Cosmopolitan*. Nelas, lia sobre a vida das mulheres famosas. As matérias traziam grandes fotos coloridas das casas, dos iates e das festas. Eu almoçava e ela passava as páginas. Eu fazia os deveres e ela passava as páginas. Às quatro começava a programação no único canal de TV e, enquanto eu assistia à *Vila Sésamo*, ela passava as páginas.

Certa vez minha mãe me contou que pouco antes de terminar o ensino médio esperou o meu avô chegar do trabalho para lhe dizer que queria estudar na universidade. Eles estavam no quarto dos meus avós. Ele tirou a camisa *guayabera*, largou-a no chão e ficou de camiseta regata. Grande, peludo, com a barriga redonda e dura. Um urso. Então olhou para ela de um modo estranho que ela não reconhecia.

— Direito. — Minha mãe ainda se atreveu a dizer.

As veias do pescoço do meu avô saltaram e com sua voz mais grossa ele disse que o que as moças decentes faziam era se casar, que universidade de direito uma ova. A voz terrível ressoando como num megafone, quase consegui ouvi-la, enquanto minha mãe, pequenininha, recuava.

Menos de um mês depois ele teve um infarto e morreu.

No escritório tínhamos uma parede com retratos de parentes.

O dos meus avós maternos era uma foto em preto e branco, com moldura prateada. Foi tirada no clube, na última festa de fim de ano que passaram juntos. Caíam serpentinas ao redor deles e as pessoas usavam chapéus de papel e cornetas. Meus avós estavam se afastando do abraço. Riam. Ele, gigantesco, de smoking, óculos com lentes bifocais e um drinque na mão. Não dava para ver os pelos, mas eu sabia, por outras fotos e pela minha mãe, que brotavam nele por toda parte. Pelas mangas da camisa, nas costas, no nariz e até nas orelhas. Minha avó usava um vestido elegante de costas nuas, tinha uma cigarreira entre os dedos e o cabelo curto e abaulado. Era alta e magra, uma lombriga ereta. Ao lado dele parecia minúscula.

A Bela e a Fera, sempre pensei, embora minha mãe defendesse o pai dizendo que ele não era nenhuma fera, mas sim um ursinho de pelúcia que só ficou bravo daquela vez.

Meu avô trabalhou a vida inteira no departamento comercial de uma fábrica de eletrodomésticos. Tinha clientes importantes, um bom salário e comissões a cada venda. Depois de sua morte não houve mais comissões e a pensão que ficou para a minha avó era uma fração do salário que ele recebia.

Minha avó e minha mãe tiveram que vender o carro, os títulos do clube e a casa de San Fernando. Mudaram-se para um apartamento alugado no centro. Demitiram as empregadas domésticas e contrataram uma diarista. Pararam de ir ao salão de beleza e aprenderam elas mesmas a fazer as unhas e os penteados. O da minha avó era um emaranhado que ela fazia com um pente e meio frasco de laquê até o cabelo ficar estufado na parte de cima. Abandonou o jogo de lulo, pois era caro receber oito senhoras quando chegava sua vez de ser a anfitriã, e se dedicou à canastra, que se jogava com quatro.

Minha mãe, recém-formada no colégio, se tornou voluntária no hospital San Juan de Dios, uma atividade que meu avô teria aprovado.

O San Juan de Dios era um hospital beneficente. Eu nunca o vi por dentro e o imaginava sujo e sombrio, com as paredes manchadas de sangue e os doentes moribundos resmungando pelos corredores. Um dia eu disse isso em voz alta e minha mãe riu. Na verdade, contou, era amplo e claro, com paredes brancas e jardins internos. Uma construção de 1700 bem-cuidada pelas freiras que o administravam.

Lá ela conheceu o meu pai.

O retrato dos meus avós paternos tinha formato oval e moldura de arabescos de bronze. Eles viveram em uma época anterior à dos meus avós maternos, que na minha mente infantil parecia obscura, como as cores do retrato.

Era uma pintura a óleo do dia do seu casamento, copiada de uma foto de estúdio, com o fundo marrom e os detalhes opacos. Apenas a noiva cintilava. Uma menina de dezesseis anos. Estava sentada em uma cadeira de madeira. O vestido a cobria do pescoço aos sapatos. Usava véu, tinha um sorriso recatado e um rosário nas mãos. Parecia que havia sido crismada e que o noivo era seu pai. Ele estava de pé com uma das mãos no seu ombro, como um velho mastro de madeira. Um homem seco, careca, de terno cinza e óculos grossos.

Minha avó, aquela menina, não havia completado os vinte anos quando morreu dando à luz o meu pai. Moravam na fazenda de café do meu avô. Ele foi para Cáli. Destruído pela perda, eu pensava. Um homem triste que não conseguia cuidar de ninguém. O recém-nascido e sua irmã, minha tia Amelia, que tinha dois anos, ficaram na fazenda sendo cuidados por uma irmã da falecida.

Minha tia Amelia e meu pai cresceram na fazenda. Quando a hora chegou, a tia os matriculou na escola municipal com os filhos dos camponeses e dos trabalhadores. No segundo ano, quando seus sapatos ficaram pequenos, a tia cortou as pontas com uma faca e eles iam estudar com os dedos despontando pelo buraco.

— Vocês eram pobres?

Fiz a pergunta à minha tia, que foi quem me contou a história.

— Que nada. A fazenda era próspera.

— Por que não compraram sapatos novos para vocês?

— Vai saber — disse ela, fazendo uma pausa para depois acrescentar —, meu pai nunca nos visitava.

— Será que ele estava triste por causa da morte da sua mãe?

— Com certeza.

A tia deles ficou doente. Os médicos não puderam fazer nada e, quando ela morreu, as crianças foram mandadas para Cáli para ficarem com o pai. Ele vendeu a fazenda de café e fundou o supermercado.

Minha tia e meu pai moraram com meu avô até se tornarem adultos. Ele teve enfisema, porque fumava dois maços por dia, e morreu muito antes de eu nascer. Então eles herdaram o supermercado.

Minha tia Amelia se inteirava dos assuntos do supermercado, mas não ia lá trabalhar. Passava o dia no seu apartamento, de bata, fumando e, à tarde, tomava uma taça de vinho. Tinha batas de todos os estilos e cores. Mexicanas, *guajiras*, indianas, com tingimento hippie e bordados de Cartago.

Toda vez que seu aniversário ou o Natal se aproximavam, minha mãe reclamava que não sabia o que lhe dar. Acabava comprando uma bata. Minha tia demonstrava uma emoção que não parecia fingida quando a ganhava, dizendo que tinha adorado, que daquele tipo ela não tinha ou que lhe faltava justamente uma daquela cor.

Meu pai era o administrador do supermercado. Nunca tirava férias. Descansava quando o supermercado fechava, aos domingos e feriados. Era o primeiro a chegar de manhã e o último a sair, e às vezes tinha que receber pedidos atrasados no meio da noite. Aos sábados, depois de fechar, ia ao hospital San Juan de Dios para doar alimentos aos doentes.

Minha mãe estava na despensa, abrindo espaço para os novos produtos, quando meu pai chegou. Ela não prestou atenção nele. Ele, por sua vez, ficou tão impressionado que foi perguntar à freira encarregada quem era aquela. Essa freira, contava minha mãe, era baixinha de corpo largo. O toco de uma árvore derrubada, eu a imaginava, com o hábito marrom estendendo-se até o chão.

— É a nova voluntária — disse a meu pai. — Ela se chama Claudia.

Ele e a freira ficaram olhando para a minha mãe.

— E está solteira — acrescentou.

Talvez isso tenha lhe dado coragem. Meu pai esperou até que minha mãe terminasse seu turno. Aproximou-se, se apresentou e se ofereceu para levá-la para casa. Ela, que tinha dezenove anos, o olhou de cima a baixo e viu um quarentão.

— Não, obrigada — disse.

Meu pai não se deu por vencido. Chegava ao hospital com bombons de chocolate, pistaches ou alguma outra delícia comprada na loja La Cristalina, que vendia produtos importados. Minha mãe recusava os presentes.

— Jorge — disse a ele um dia —, você nunca vai se cansar?

— Não.

Ela riu.

— Trouxe biscoitos amanteigados dinamarqueses para você.

Vinham em uma lata grande e minha mãe não pôde resistir. Aceitou.

— Hoje eu posso levá-la até sua casa?

Dessa vez ela não foi capaz de dizer não.

Minha avó adorou aquele homem cavalheiresco que tinha um bom patrimônio e praticava a caridade doando alimentos ao hospital.

— É um velho — disse minha mãe a ela.

— Você não gostava dos mais velhos?

Era verdade. Minha mãe não suportava os garotos da sua idade, segundo ela, uns estúpidos que passavam o dia dando cambalhotas na piscina do clube.

— Não tão velhos assim — explicou.

Minha avó revirou os olhos.

— Ninguém te entende, Claudia.

Na segunda-feira, quando chegou do hospital, minha mãe encontrou em casa as senhoras do jogo de canastra. Estavam envoltas em uma nuvem de fumaça de cigarro e comiam os biscoitos amanteigados dinamarqueses. Quatro donas de casa com penteados cheios como balões de festa e unhas compridas pintadas que lhes serviam para embaralhar e arrastar as cartas na mesa.

Fazia um calor terrível, minha mãe contava. Um calor terrível desses de Cáli, pensava eu, que parecia nos esmagar. As senhoras lhe indicaram uma cadeira e ela se sentou. Aída de Solanilla pegou um biscoito e o saboreou.

— Aos quarenta — disse depois de engolir — um homem não está velho, mas na flor da idade.

— Tem vinte e um anos a mais que eu — disse minha mãe.

Solita de Vélez, com as unhas roxas e uma pinta falsa acima da boca, apagou o cigarro no cinzeiro que transbordava de bitucas com marcas de batom.

— Essa diferença é uma vantagem — disse.

Seu marido, ela explicou, era dezoito anos mais velho, o da Lola de Aparicio, vinte, o da Miti de Villalobos, que não estava presente, mas era uma amiga dos tempos do jogo de lulo, vinte e cinco, e as três podiam dizer que seus casamentos eram tudo de bom que um casamento pode ser, melhores até que os de casais da mesma idade, ambos jovens e por isso impulsivos.

As senhoras se viraram para a minha mãe. Ela argumentou que aquele senhor tinha óculos de fundo de garrafa, era careca, baixinho e magro demais.

— Jorge é muito bem-apessoado — rebateu Aída de Solanilla. — Eu sempre o vejo no supermercado. Usa roupas de marca e bem passadas.

Minha mãe não podia negar isso.

— Quase não fala — disse.

— Ah, não, filhinha — respondeu Lola de Aparicio, abrindo seu leque espanhol —, uma mulher não pode ficar procurando senões em todos os homens que encontra porque vai acabar sozinha.

Minha avó e as outras senhoras olharam para a minha mãe e assentiram. O calor terrível, pude senti-lo, parecia uma corda em seu pescoço.

Nos tempos da minha mãe era costume que os pais da noiva arcassem com as despesas do casamento. Meu pai, para alívio e felicidade da minha avó, não permitiu que ela desse nem um peso e deixou que minha mãe planejasse tudo conforme a sua vontade.

Ela não quis festa, apenas a cerimônia na igreja. Seu vestido era branco, embora não necessariamente de noiva, na altura dos joelhos, sem véus nem enfeites, e o cabelo foi preso em um coque simples, com um pente de florezinhas. Meu pai usava casaca, idêntico ao pai dele, só que mais careca e mais velho.

A foto dos meus pais na parede do escritório era em preto e branco, emoldurada por um bastidor de madeira. Estavam no altar. O padre, a mesa e o Cristo ao fundo. Os noivos, à frente, cara a cara, trocando alianças. Ele sorria radiante. Ela, como olhava para baixo, parecia triste, mas é porque estava concentrada em colocar a aliança nele.

Quinze dias depois minha avó teve um derrame cerebral e morreu.

A princípio, os recém-casados moraram num apartamento alugado. A casa do meu avô era grande demais para tia Amelia e foi vendida. Com o dinheiro compraram dois apartamentos. Um pequeno para a minha tia, a poucos quarteirões do supermercado, que ficava ao pé da montanha, de frente para o mar, na entrada de um bairro tradicional com casarões antigos e prédios novos. O outro para meus pais, bem perto, no bairro idêntico do outro lado do rio.

Os antigos proprietários do apartamento dos meus pais esqueceram uma planta na varanda. Um clorofito de folhas longas, com listras brancas nas bordas. Tinha as pontas queimadas e as cores desbotadas. Minha avó tivera um desses na casa de San Fernando, antes do meu avô morrer e ela e minha mãe precisarem mudar de vida. Minha mãe, que ainda estava de luto pela morte deles, o adotou.

As portas entre a sala de jantar e a varanda eram articuláveis, de vidro, com batentes de madeira. Minha mãe colocou a planta do lado de dentro. Dava-lhe água, transplantou-a para um vaso grande, colocou terra nova. Ela nunca tinha cuidado de um ser vivo e se emocionou quando a planta reverdeceu.

Dona Imelda, a caixa do supermercado, vendo sua alegria, deu um pezinho de uma folha partida para ela. Minha mãe o plantou em um vaso de barro e o colocou na mesa de centro. A folha partida cresceu até o chão. Então meu pai lhe deu uma avenca e tia Amelia, de aniversário, um cinamomo.

Aos poucos o apartamento foi se enchendo de plantas até se transformar em uma selva. Sempre pensei que a selva eram os mortos da minha mãe. Seus mortos renascidos.

Minha lembrança mais antiga é na escada. Eu em frente a uma grade de proteção à prova de crianças e a escada longa e escarpada, um despenhadeiro impossível para o maravilhoso mundo verde do primeiro andar.

Minha segunda lembrança é na cama dos meus pais. Minha mãe e eu, ela com sua revista e eu pulando.

— Mamamamamamamama.

De repente, a explosão:

— Porra, menina! Você não consegue ficar quieta?!

Ou talvez essa lembrança seja anterior à da escada e se me parece mais recente é porque a vivi muitas vezes. Minha mãe na cama com sua revista e eu levantando a blusa dela para soprar sua barriga e lhe fazer cosquinhas.

— Você precisa ficar em cima de mim o tempo todo?!

Eu dando beijinhos no braço dela.

— Me deixa em paz nem que seja por um minuto, Claudia, pelo amor de Deus!

Observando-a, enquanto ela se penteava na penteadeira. Seu cabelo comprido e liso cor de chocolate, um cabelo que dava vontade de acariciar.

— Por que você não vai para o seu quarto?

Eu, uma menina grande, subindo na sua cama depois de terminar a lição.

— Oi, mamãe.

Ela se levantando visivelmente incomodada e me deixando com a revista aberta sobre a cama.

— Por que você não continuou trabalhando no hospital? — perguntei.

— Porque me casei.

— E casada não pensou em ir para a universidade?

Ela ia dizer algo, mas se calou.

— Meu pai não deixou?

— Não é isso.

— O que foi, então?

— Eu nem sequer perguntei a ele.

— Você não queria mais?

— Eu teria gostado, sim.

— E por que você não fez?

Fechou a revista. Era uma *¡Hola!*. Na capa, Caroline de Mônaco com um vestido de festa sem alças e joias reais com rubis e diamantes.

— Porque você nasceu.

Ela se levantou e foi para o corredor. Eu a segui.

— Por que você não teve mais filhos?

— Outra gravidez? Outro parto? Um bebê chorando? Ui, não. Me deixem em paz. Além do mais, você já maltratou o meu corpo mais do que o suficiente.

— Se você pudesse ter evitado, teria me tido?

Ela parou e me olhou.

— Ai, Claudia, eu não sou como a minha mãe.

Meu aniversário caía nas férias do meio do ano, o dia da Independência, quando havia desfiles e as pessoas estavam fora da cidade, nas suas casas de campo ou na praia. O máximo que podíamos fazer era comemorar em família e fomos a um restaurante.

Minha mãe, como em todos os anos, rememorou a gravidez. Sua barriga grande, os pés inchados, que a cada cinco minutos sentia vontade de ir ao banheiro, que não conseguia dormir e tinha dificuldade em se levantar da cama. As dores começaram no almoço. Eram a coisa mais horrível que já tinha sentido. Meu pai a levou para a clínica e lá ela sofreu a tarde toda, a noite toda, toda a manhã seguinte, a tarde seguinte toda de novo, sentindo que ia morrer, e mais uma noite inteira até a madrugada.

— Saiu roxa. Horrorosa. Colocaram ela no meu peito e eu, tremendo e chorando, pensei: meu esforço foi para isto?

Minha mãe deu uma risada tão grande que deu para ver o céu da sua boca, fundo e cruzado como o torso de uma pessoa desnutrida.

— A bebê mais feia da clínica — disse meu pai.

Ele e minha tia também riram mostrando a língua, os dentes, a comida por mastigar.

— A outra bebê que nasceu nesse dia era linda — disse ela.

A última foto na parede do escritório era do dia do meu nascimento. Um retângulo como o da foto dos meus avós maternos, em preto e branco, com moldura prateada.

Minha mãe, na cama da clínica comigo nos braços, não demonstrava nenhum sofrimento. O cabelo estava arrumado, os olhos delineados, os lábios com brilho e um sorriso. Minha tia e meu pai, de pé, um de cada lado da cama, também sorriam. Ela usava um vestido de arabescos com mangas sino e o cabelo em forma de cuia com um cacho na altura do queixo. Ele, costeletas compridas e estava um pouco menos careca. Eu era um volume envolto em cobertas. Uma coisa pequenina de cabelos pretos e olhos inchados.

— Eu ainda sou feia?

Estávamos no escritório. Meu pai lia o jornal na sua poltrona reclinável. Minha mãe podava o bonsai, a única planta do segundo andar.

— Do que você está falando? — disse ela, como se não soubesse.

— Hoje vocês riram do quanto eu era feia quando nasci.

— Todos os recém-nascidos são feios.

— Minha tia disse que a outra bebê era linda.

Meu pai deu uma risada.

— Não ria — gritei. E disse para a minha mãe: — Eu ainda sou feia?

Ela largou a tesoura. Aproximou-se de mim e se agachou para ficar da minha altura.

— Você é linda.

— Fala a verdade.

— Claudia, algumas mulheres só desabrocham depois de grandes, quando se desenvolvem. Na sua idade eu também era pequenininha, magrinha, moreninha. Você não me viu nos álbuns?

Sim, eu a tinha visto. Mas isso não ajudava, porque a única coisa que ela e eu tínhamos em comum era o nome. O resto eu puxei do meu pai. Todo mundo dizia isso, éramos idênticos.

— Você não conhece a história do patinho feio? — perguntou, e foi pior.

O aniversário do meu pai, dez dias depois do meu, foi a última vez que nos reunimos os quatro, tia Amelia, meus pais e eu. Comemoramos no nosso apartamento. A selva decorada com serpentinas, um grande cartaz feito por mim e um bolo de laranja preparado pela minha tia. Minha mãe e eu demos a ele um rádio novo para seu escritório. Minha tia lhe entregou uma caixa embrulhada com papel prateado da Zas, uma loja de departamentos do centro comercial. Dentro havia uma fina camisa italiana azul-clara.

Pouco depois minha tia viajou para a Europa. Presumimos que faria um tour com duas velhas amigas do colégio, como quando foi à América do Sul ou às ruínas maias. Minha mãe achou estranho ela não querer que a levássemos ao aeroporto ou a buscássemos lá, mas nem de longe imaginou a verdadeira razão.

Na volta da viagem minha tia ligou para nos convidar para comer no restaurante que eu quisesse. Escolhi o El Búho de Humo, porque eu gostava das pizzas e das mesas com bancos compridos iguais aos dos filmes gringos.

O local era escuro. Pelas janelas entrava a luz azul do letreiro em néon. Minha tia estava sentada nos fundos com um homem que nós não conhecíamos. Assim que nos viram, eles se levantaram. Ele era jovem, musculoso, com cintura de toureiro, a bunda revestida pela calça e o penteado de um artista de televisão.

— Este é Gonzalo, meu marido.

Meus pais ficaram congelados como se alguém tivesse dito a eles "estátua!". Eu me emocionei por outra razão. Na mesa, sentada como uma menina de verdade, havia uma boneca.

— E essa boneca?

Tinha o cabelo comprido cor de chocolate, idêntico ao da minha mãe, um vestido de veludo verde, meias brancas dobradas no tornozelo e sapatinhos de verniz.

— Para quem você acha que ela é? — disse minha tia.

— Para mim?

— Sim, mocinha — confirmou Gonzalo. — Nós a compramos em Madri. Como não coube na mala, tivemos que levá-la na mão de lá em diante.

— Como uma filha aleijada — disse minha tia rindo. — Quase a deixamos jogada no aeroporto de Londres.

Eu a peguei. Tinha o nariz pequenino, os lábios em forma de biquinho, os olhos azuis como dois planetas Terra em miniatura, com pálpebras que abriam e fechavam e cílios longos de pelos que pareciam de verdade.

— Não acredito que é minha.

Abracei a boneca e a minha tia.

— Ela se chama Paulina. Não é linda?

— A boneca mais linda de todos os tempos.

Eu me sentei com Paulina no colo. Os adultos continuavam de pé. Meus pais ainda pasmos.

— Você se casou? — disse minha mãe.

— No cartório, um dia antes da viagem.

— Pois então... Felicidades.

Minha mãe abraçou minha tia e beijou Gonzalo. Era a vez do meu pai. Ele, sem saber o que fazer, sorriu. Gonzalo estendeu a mão. Meu pai a apertou e em seguida beijou sua irmã.

— Vocês guardaram bem o segredo — disse minha mãe ao se sentarem.

Minha tia e Gonzalo riram. Ela contou que o conheceu na Zas, no dia em que foi comprar o presente de aniversário do meu pai.

— Ele me mostrou as camisas e conversamos sem parar.

— Por sorte — disse ele —, antes de ir embora ela me deu seu número em um papelzinho.

— O aniversário de dois meses atrás? — perguntou minha mãe.

— Sim — respondeu Gonzalo —, foi tudo muito rápido.

Meus pais se entreolharam. Minha tia acendeu um cigarro e, ao tragar, algumas rugas ficaram marcadas em cima do lábio como rios em um mapa.

Saímos do El Búho de Humo, eu feliz com Paulina. Minha tia e Gonzalo foram para o carro dela, um Renault 6 que as pessoas diziam que era azul, mas eu achava que era verde. Nós entramos no nosso, um Renault 12 amarelo-mostarda.

Mal fechamos as portas, minha mãe disse baixinho, com a voz que usava quando achava que era melhor que eu não escutasse:

— Podia ter continuado namorando, não?

Meu pai ligou o carro.

— Ela estava muito sozinha.

— Mas não precisava se casar tão rápido.

Meu pai olhou para trás. Eu estava de costas para eles, de cócoras em um morrinho que o Renault 12 tinha no chão, com a boneca de pé sobre o banco traseiro. Fingi que estava brincando com ela e que não prestava atenção. Ele se virou de volta para a frente.

— O sujeito se aproveitou da fraqueza dela.

O carro começou a andar.

— Foi ela quem deixou o número, fez o pedido de casamento e o convite para viajar. Você não ouviu?

— É óbvio que é um aproveitador, minha filha.

Meu pai nunca falava assim, mal, de ninguém.

— Por que é óbvio?

— Dá para ver.

— Pela cara? — perguntou minha mãe.

— Amelia tem cinquenta e um e o sujeito não chega a trinta.

— E por isso é um aproveitador?

Chegamos a uma rua principal e as luzes dos carros que passavam atravessaram a escuridão em todas as direções.

— Acha mesmo que ele está apaixonado por ela? — disse ele.

— Não, e é por isso que ela não devia ter se apressado. Mas também não acho que ela seja uma pobre vítima nem que ele a tenha enganado ou que esteja se aproveitando. Pelo contrário, eles devem ter um combinado que é bom para os dois.

— Para os dois? Você viu quem pagou a conta?

Agora foi minha mãe quem olhou para trás. Eu, com uma vozinha aguda, fingi que Paulina falava comigo e, com minha voz natural, que eu respondia a ela.

— E quem você quer que pague as contas? — respondeu, virando-se para meu pai. — Ele, com o salário de vendedor da Zas?

— É preciso fazer esse sujeito assinar um documento para que não possa herdar nem ficar com nada se eles se divorciarem.

Fez-se um silêncio cortante. Com cuidado, virei para a frente. Minha mãe olhava para meu pai como se não pudesse acreditar no que ele dissera. Ele segurava o volante e estava rígido.

— Que foi? É errado eu querer proteger a minha irmã e o patrimônio da família?

— Jorge, eu tenho vinte e oito e você quarenta e nove...

— É diferente — disse ele.

Minha mãe, indignada, olhou para a frente e ninguém falou mais nada.

No domingo fomos visitar a minha tia Amelia. Gonzalo abriu a porta para nós. Estava de bermuda e camiseta regata, com o cabelo recém-escovado e os músculos inchados. Ela estava em sua cadeira de vime, com um cigarro em uma das mãos, uma taça de vinho na outra e uma bata branca de mangas amplas, que se moveram como asas quando se levantou e abriu os braços para nos cumprimentar.

Uma corrente de ar entrou pela varanda. As cortinas se ergueram e a porta do quarto bateu. Gonzalo a abriu, prendeu-a com uma concha, e pudemos ver que agora havia duas camas.

— Eles não tinham se casado? — perguntei.

— Eles estão casados — disse minha mãe, cerrando os dentes para que eu me calasse.

— Então por que dormem em camas separadas?

— Não seja intrometida, Claudia.

Minha tia riu.

— Porque não gosto que roubem a minha coberta.

Deixou a taça na mesa e me abraçou.

Outras novidades no seu apartamento eram dois pequenos halteres e um cesto com revistas ao lado do banheiro. Naquela casa não havia televisão, brinquedos ou animais de estimação e, portanto, nada para fazer. Sentei Paulina no chão e comecei a folhear as revistas. Todas *Mecánica Popular*, chatíssimas. As matérias eram sobre carros e máquinas. Havia instruções para construir um avião em casa e fazer a manutenção do cortador de grama.

Estava prestes a largá-las quando me deparei com uma capa em que aparecia uma mulher nua. Estava de costas, ligeiramente virada para a frente. Tinha uma expressão sapeca e um xale transparente cobria seu torso, mas não a bunda nem o peito. Era uma *Playboy*.

María del Carmen, minha amiga do colégio, havia me contado que seu irmão tinha uma *Playboy* escondida debaixo do colchão e que ela andara olhando. Eu nunca havia estado tão perto de uma, muito menos segurado.

Meu pai e minha tia estavam revisando o livro de contabilidade na sala de jantar. Minha mãe e Gonzalo conversavam na sala de estar. Ela estava de costas para o banheiro. Apenas ele havia percebido o que eu estava fazendo. Colocou sua taça de vinho na mesa, se inclinou na direção da minha mãe e falou com ela. Ela virou para mim.

— Claudia, solta isso e vem para cá.

— É que...

— É que nada — disse com a voz à qual era obrigatório obedecer.

Na vez seguinte que os visitamos me pus a vagar pelo apartamento, em silêncio e me fazendo de distraída, até que achei a *Playboy*. Eu me tranquei com ela no banheiro. Não tinha passado dos anúncios das primeiras páginas e já estavam batendo na porta.

— O que você está fazendo, Claudia?

Era a minha mãe.

— Nada.

— Abra, por favor.

— Já vou.

— Agora.

Ela tomou a *Playboy* de mim, devolveu-a ao cesto e me levou para a sala.

Na terceira visita esperei que eles se distraíssem para me sentar no chão ao lado da cesta e vasculhar entre as *Mecánica Popular* até encontrar a *Playboy*. Meu pai e minha tia conversavam na sala. Minha mãe e Gonzalo serviam o vinho na cozinha. Peguei a *Playboy* e a abri. Finalmente consegui ver as fotos das mulheres nuas e ler as manchetes. *Existem mulheres que são animais sexuais.*

De onde meu pai e minha tia estavam não se via a cozinha. De onde eu estava, sim. Gonzalo e minha mãe falavam, riam, brindaram e por um momento se encararam em silêncio. Ele, que estava de frente para a porta, me viu e disse algo à minha mãe. Ela saiu da cozinha, com sua taça de vinho na mão, fingindo estar zangada quando não podia estar mais feliz.

— O que você está fazendo, Claudia?

— Gonzalo me disse que na academia dele tem aula de aeróbica — disse minha mãe.

Estávamos no carro. Ela no carona e meu pai ao volante.

— A professora é francesa. Dizem que é muito boa.

Eu estava atrás, com Paulina ao lado.

— Tem uma aula aos sábados de manhã.

Não havia pessoas nem outros carros na avenida povoada por árvores-da-chuva e paineiras. O rio, além de nós, era a única coisa que se movia.

— É para mulheres, vão as da minha idade e as mais velhas.

Como meu pai não dizia nada, minha mãe se calou.

Cáli, partida por um rio com curvas e pedras, as ruas mortas, os prédios baixos em meio a árvores que os ultrapassavam, parecia uma cidade perdida.

— Querem um picolé? — disse meu pai.

— Sim! — me empolguei.

Minha mãe não respondeu.

— Você não quer? — perguntou ele.

Ela fez uma careta de tanto faz. Ele tentou seduzi-la.

— Um picolezinho de amora.

Minha mãe permaneceu muda e rígida como se fosse outra Paulina. Continuamos em silêncio. De tempos em tempos ele olhava para ela.

— Você gostaria de ir à aula de aeróbica? — disse por fim.

Ela olhou para ele.

— Bem, eu tenho curiosidade, mas não quero deixar a Claudia com a empregada.

Ele lhe deu umas palmadinhas na coxa.

— Não tem problema, filha. Eu posso levá-la comigo para o supermercado.

No sábado de manhã, minha mãe nos deixou no supermercado e seguiu de carro para a academia. Meu pai se enfiou no escritório. Eu fiquei andando pelos corredores, entediada, passando o dedo pelos produtos, até que cheguei à prateleira das gelatinas em pó. Não pude resistir e abri uma de uva.

Estava lambendo os restos roxos da palma da mão quando dona Imelda, a caixa, me flagrou.

— Eu disse que esse silêncio não era normal.

Dona Imelda tinha rugas de elefante na cara, cabelos pretíssimos e braços largos. De longe, com seu uniforme verde-claro, era a própria enfermeira de filme de terror.

— Minha menina, quer que eu arrume uma tarefa para você?

De perto, era mansa e amorosa.

— Por favor — disse.

— Será que você consegue limpar essas latas?

A estante estava lotada da primeira até a última prateleira. Dona Imelda me deu um pano e uma escada triangular para que eu alcançasse as de cima e foi para o caixa. O trabalho me tomou bastante tempo e elas ficaram bem limpinhas, mas tortas. Dona Imelda me mostrou como alinhá-las e aí, sim, eu as deixei perfeitas. Depois ela me colocou para guardar alguns pacotes de papel higiênico. Quando terminei, o supermercado já tinha sido fechado para a hora do almoço.

Meu pai e dona Imelda começaram a falar de uns pedidos que precisavam fazer. Saímos com o armazenista pela porta de trás. Eles se encaminharam para seu bairro de casas sem reboco e telhado de zinco na subida da montanha.

— Minha mãe não vem nos buscar?

— Ela ligou para dizer que ia à sauna e que vai demorar, que é melhor nós irmos a pé e pedirmos um frango. Lucila saiu mais cedo.

Papai pegou minha mão. Atravessamos a rua. Avançamos pelo quarteirão da farmácia e do banco. Cumprimentamos de longe o dono da loteria da esquina, que estava atendendo um cliente. Chegamos ao cruzamento que desembocava na ponte sobre o rio. Estávamos no meio dessa rua quando meu pai foi até um carro parado no sinal e quase meteu a cabeça pela janela para cumprimentar:

— Oooi.

Eu, que estava distraída e não tinha me dado conta de que era o nosso Renault 12, com minha mãe dentro, tive o mesmo sobressalto que ela.

— Ai, Jorge, que susto!

Demos a volta e entramos.

— Você está muito bonita — disse ele.

Os bancos do carro eram de couro preto e queimavam como as pedras de um rio por conta do sol do meio-dia, mas minha mãe parecia fresca, com seu collant de ginástica vermelho colado ao corpo e os cabelos molhados.

— Tomei uma chuveirada — explicou.

— O que você está fazendo aqui?

Para ir para casa não era necessário entrar no bairro do supermercado.

— Encontrei o Gonzalo na saída e dei uma carona para ele.

— Sei.

— Não parei para buscar vocês dois porque vi as portas fechadas e pensei que já tinham saído.

— Nós demoramos organizando os pedidos.

Minha mãe colocou a mão no câmbio da marcha e deu partida. Meu pai, que não parava de olhar para ela, fez um carinho no seu braço.

— Muito bonita mesmo.

Se eu implorasse bastante e ela estivesse de bom humor, minha mãe me deixava usar sua penteadeira.

— Não vá me estragar nada, xará.

Era um móvel antigo, herdado da minha avó, com um espelho redondo e várias gavetas com pincéis finos e grossos, frascos, potes, caixinhas de pó compacto e outros objetos. Eu estava pintando os lábios com o ruge vermelho quando ela, na cama, começou a reclamar de dor. Tinha largado a revista e tentava se levantar.

— Aiaiai.

Por causa da aeróbica, ela estava com tudo doendo. Terminei com o ruge, peguei as sombras verdes e comecei a colocá-las. Pelo espelho eu a vi passar, lenta e dura, como se fosse de metal, até entrar no banheiro. Eu me admirei de todos os ângulos. Peguei um pincel e coloquei uma corzinha nas bochechas. O telefone tocou. Fui atender.

— Eu atendooo — gritou ela do banheiro.

Tocou novamente, eu estava de pé ao lado da mesa de cabeceira e atendi.

— Alô?

Dava para ouvir a respiração do outro lado da linha.

— Alô — repeti.

A porta do banheiro se abriu.

— Alô, alô.

Minha mãe se aproximou o mais rápido que pôde e tomou o telefone da minha mão.

— Alô?

Tinham desligado. Irritada, colocou o telefone no gancho e ficou me olhando. Toda a fúria do mundo concentrada no seu nariz, que se abria e se fechava.

— Olha só essa cara — disse. — Você parece um palhaço.

Como ficava na cama, junto à mesa de cabeceira, minha mãe era quem mais atendia ao telefone. Eu adivinhava quem havia ligado pela forma como ela falava. A voz para minha tia Amelia era similar à que usava com Gloria Inés. Com as duas ela podia ter longas conversas. A diferença era que com Gloria Inés ela ria mais. Ela era filha de uma prima de segundo grau da minha avó. A última parente que restava à minha mãe. A dona Imelda, ela chamava de senhora e falavam de plantas. Com meu pai era concisa, assim como era com o gerente do banco ou a síndica do prédio, só que mais familiar.

Lá embaixo, na mesinha da sala, tínhamos outro aparelho. Às vezes acontecia da Lucila ou eu atendermos antes dela.

— Alô?

Passou a ser comum ninguém responder do outro lado da linha.

— Alô, alô.

Desligavam.

Também podia acontecer de eu estar no primeiro andar, correndo pela selva, e minha mãe em seu quarto, folheando uma de suas revistas, ou ao contrário, ela regando as plantas, eu folheando uma de suas revistas, e atendermos os telefones ao mesmo tempo.

— Alô?

Silêncio. Minha mãe me pedia para desligar e, quando eu fazia isso, respondiam a ela. Com o mudo minha mãe cochichava e usava uma voz suave.

Nas quartas-feiras à tarde eu tinha aula de artes. Chegava do colégio, almoçava e minha mãe me levava de carro para a escola de artes. Ficava no bairro de Granada, numa antiga casa com colunas, pisos de mosaico e pátios internos. Minha mãe ia embora e eu entrava na aula, que durava uma hora e meia. Ao fim, ela voltava para me buscar. Passávamos pelo supermercado. Comprávamos leite, ovos, pão, o que estivesse faltando, pagando como qualquer cliente, e meu pai nos levava para casa, assim ficava com o carro até a hora de fechar.

Uma tarde ou outra, às sextas ou quando eu não tinha colégio no dia seguinte, minha mãe e eu íamos ao centro comercial, uma série de lojas em volta da Sears, nas ruas de um bairro que havia sido residencial. Comprávamos suas revistas na Livraria Nacional. Olhávamos as vitrines das lojas. O vento da tarde nos despenteava e levantava a saia das mulheres. Comíamos pupunha, manga verde com sal e suco de limão, groselhas, raspadinhas, bolinhos de queijo no Rincón de la Abuela ou sorvete de máquina na Dari, que tinha mesas do lado de fora. Nós nos sentávamos e, enquanto eu lambia meu sorvete, ela balançava a perna com impaciência.

Na diagonal oposta, do outro lado da avenida, ficava a Zas. Não demorava muito e Gonzalo vinha até nós. Se não viesse, assim que eu terminava o sorvete, minha mãe me agarrava pela mão e atravessávamos, desviando dos carros igual ao sapinho do Atari.

A vitrine da Zas era da largura da fachada, com manequins bem-vestidos, com cabelos e bigodes duros. De dentro, Gonzalo sorria, terminava de atender o cliente e saía. Às vezes entrávamos. Ele se dava conta da minha presença a duras penas e me cumprimentava.

— Senhorita.

Só se importava com a minha mãe. Falava com ela tão de perto que eu não conseguia ouvir e, quando prestava atenção em mim, era para se certificar de que não estava tocando em nada.

Os provadores ficavam nos fundos, depois da seção de sapatos. Os ternos, em uma das laterais. No centro havia um aparador de vidro, com a caixa registradora e os acessórios, abotoaduras, carteiras, chaveiros, essas coisas. De frente para a caixa registradora ficavam as camisas e as calças soltas, os cintos e as gravatas.

As araras dessa seção eram fixas no chão. Umas estruturas metálicas. Eu gostava das de gravatas, que pendiam retas até o chão e davam a volta até completar um círculo. Havia gravatas de cores e padrões variados. Laranja, cinza, azul, cor-de-rosa, lisa, listrada, com bolinhas ou figuras estranhas. Parecia a cortina de um circo.

Enquanto minha mãe e Gonzalo conversavam, eu sentia vontade de abrir a cortina para descobrir o que havia atrás. Mundos maravilhosos: uma feira com algodões-doces, o bosque encantado dos gnomos, a terra no fim do arco-íris. Gonzalo não se descuidava um segundo. Bastava ver a intenção nos meus dedos para cutucar a minha mãe.

— Nem pense em tocar nessas gravatas, menina — advertia ela.

No centro comercial havia uma loja chamada Género. Era de tecidos e chata na maior parte do tempo. Mas, em outubro, vendia fantasias de Halloween e, em dezembro, decorações natalinas e outras maravilhas importadas.

Naquele ano trouxeram tênis Adidas de última moda. Exibiram na vitrine uns felpudos, azuis com as listras amarelas. Entramos. Ficaram perfeitos nos meus pés. Minha mãe olhou o preço na etiqueta e ficou escandalizada.

— Que roubo.

— É que eles ficaram tão bonitos.

— Muito bonitos, mas nem se as listras fossem banhadas a ouro…

— Por favor.

— Não.

— Eu imploro.

— Tira os tênis.

— É que eu preciso deles.

— Agora, Claudia.

Obedeci a contragosto.

— E se você me der de Natal?

— Não.

Tomou-os das minhas mãos e os colocou de volta na vitrine.

— Não seja má.

— Calça os sapatos.

— Me dá de presente de Natal e nunca mais precisa me dar nada, nem de primeira comunhão, nem quando eu passar em todas as matérias e for para o quarto ano, nem de aniversário.

— É a segunda vez que eu falo, calça os seus sapatos.

Eu os peguei.

— Olha como eles estão velhos. Já vão rasgar.

— Claudia...

Era a voz de quando ela estava ficando zangada. Achei melhor obedecer. Calcei meus sapatos e saímos da Género. Os Adidas eram o que mais chamava a atenção na vitrine.

— Olha para eles. São os tênis mais bonitos do universo e ninguém mais em Cáli tem.

— Já chega.

— Não vou conseguir viver sem eles.

— Você vai me enlouquecer, menina.

— Por favooor.

Ela se deteve.

— Estou avisando, Claudia. Se continuar com isso, você vai ficar sem esses tênis e sem qualquer outro presente.

— Mas é que...

— Nem de Natal, nem de primeira comunhão, nem quando você passar para o quarto ano, nem de aniversário. Entendeu?

Tínhamos chegado ao ponto em que eu realmente precisava calar a boca. Fiz que sim com a cabeça e continuamos andando.

Fazia tanto calor desde o meio-dia que a cidade parecia derreter. Minha mãe tinha gotículas de suor no buço e minhas costeletas estavam encharcadas. De repente, um papel subiu do chão. Os galhos das árvores se agitaram e por um instante todo o resto ficou congelado. Os carros, as pessoas, os barulhos. Em Cáli não havia nada além do sopro da brisa.

Chegamos à Dari. Resignada, aceitando que não teria os Adidas, pedi o de sempre. Uma casquinha de baunilha. Saímos, eu com meu sorvete na mão. O vento, já enlouquecido, levantou nossos cabelos. Nem havíamos nos sentado e Gonzalo já atravessava a avenida trotando. O olhar da minha mãe se suavizou. Ela segurou o cabelo com a mão e ficou assim até ele chegar e ficarem cara a cara.

Ele e eu nem nos cumprimentamos. Eu me sentei. Ignorei os dois. Estava concentrada em lamber meu sorvete, uma operação delicada, pois o vento o derretia e meus cabelos se incrustavam no creme. Em seguida, comi a casquinha. Devorei devagar e, quando fiquei sem nada, segurei a mão da minha mãe.

— Vamos?

Ela me olhou. Não havia mais sinais da mulher brava. Fizemos o caminho de volta pelo centro comercial. Pensei que estávamos indo para o carro. Quando dei por mim, estávamos em frente à Género.

— Você vai comprar para mim?

Não podia acreditar.

— Eu vou comprar para você — disse —, como parte dos presentes de Natal.

A árvore de Natal da Zas era gigantesca. No topo havia uma estrela dourada. Ao longo dela, bolas vermelhas e prateadas que me refletiam deformada, com olhos escuros de extraterrestre, nariz de batata, uma cabeçona desproporcional e um corpo raquítico. Queria mostrar para a minha mãe. Nem ela, nem Gonzalo estavam por perto. Procurei em volta. Eu vi os dois nos fundos, entrando em uma cabine do provador.

Perambulei pela loja sem saber o que fazer. Um vendedor mostrava ternos a um cliente. Outro lustrava sapatos do mostruário. O caixa, atrás do aparador de vidro, falava ao telefone. Por debaixo da porta da cabine, os sapatos de Gonzalo e os da minha mãe, mocassins cor de café e saltos vermelhos, entrelaçavam-se.

Eu me vi em frente à arara das gravatas. A cortina de circo. Os mundos maravilhosos. Uma feira, um bosque encantado, uma terra mágica. O cliente, os vendedores e o caixa continuavam ocupados com suas coisas. Minha mãe e Gonzalo no provador. Eu podia ter ido para a rua, me perdido na cidade, sido levada por um ladrão de crianças ou pelo homem do saco.

Minha mão estava suja de sorvete. Os dedos, pretos e pegajosos. Eu me procurei na parede de espelho. Minha camiseta estava emporcalhada, a cara suja, os laços tortos e o cabelo embaraçado. Um espantalho. Baixinha, magrinha, moreninha, conforme minha mãe dizia que ela era quando criança, mas igualzinha ao meu pai. Uma menina feia.

Voltei para a cortina dos mundos maravilhosos. Com cuidado, passei a mão pelas gravatas. Elas se descolaram. Enfiei as mãos. Separei as gravatas e a cortina se abriu. Foi decepcionante descobrir que não havia algodões-doces, gnomos ou arco-íris. Apenas uma estrutura de alumínio.

Como vingança, entrei em uma arara de camisas. Mergulhei inteira, como por entre um mar de algas. Queria que ficassem manchadas. Depois entrei numa de calças, um bosque sombrio e áspero. E eu não me importava se elas seriam danificadas. Saí. O caixa desligou o telefone. O vendedor continuava com o cliente dos ternos. O outro vendedor, com os sapatos. Minha mãe e Gonzalo, na cabine.

Fui até o provador. Parei em frente à porta. Mocassins cor de café contra saltos vermelhos. O caixa chegou do meu lado, sorriu e me mostrou a mão fechada. Abriu-a. Em sua palma havia umas balas vermelhas que eram oferecidas aos clientes.

— Há quanto tempo a gente não sai de férias? — disse minha mãe.

Meu pai fez cara de quem não sabia.

— Milhares de milhões de anos — falei.

— Foi a Amelia que me chamou a atenção para isso. Seria tão bom irmos com eles para La Bocana.

— Eu quero ir para La Bocana!

— Não podemos — disse meu pai.

— Por causa do supermercado — retrucou minha mãe. — É sempre a mesma história. Trabalho, trabalho, trabalho.

— A vida é assim. O que eu posso fazer?

— Amelia concorda em fechar. Seriam cinco dias.

— Não.

— Gonzalo conseguiu folga na Zas.

— Amelia disse isso para você?

— Sim.

— Fico contente por eles, mas eu não posso fechar o supermercado no fim do ano.

— Vamos estar em recesso, abrindo só até o meio-dia. Então, na verdade fecharíamos por cinco meios dias.

— As vendas de bebidas durante o recesso são as maiores do ano.

Minha mãe suspirou.

— Eu sei.

Continuamos comendo. A selva calma ao redor. O ar da noite balançando-a devagar como se quisesse fazê-la dormir. Na quina mais alta da sala havia uma mariposa. Impossível alcançá-la. Nem com as varas compridas de limpar os janelões. Suas asas estavam abertas, com grandes olhos pretos, coladas contra a parede.

— Vai nos atacar — falei.

— Quem? — disse minha mãe.

— Aquela bruxa.

— Ai, não tinha visto. É imensa.

— Foi embora — disse na noite seguinte quando nos sentamos para comer.

— Quem? — perguntou minha mãe.

— A bruxa.

— Verdade, tinha me esquecido dela.

Minha mãe terminou de nos servir a sopa.

— Encontrei uma solução — disse ela a meu pai.

— Solução para quê?

— Para as férias.

— Filha...

— Não precisamos fechar. Dona Imelda vai tomar conta.

— Ela não pode.

— Viajem e se divirtam, ela me disse.

— Você falou com ela?

Minha mãe fez que sim com a cabeça.

— E também com a Gloria Inés. Vai ficar atenta a dona Imelda e vai passar lá todos os dias na hora de fechar para se certificar de que está tudo bem.

— O que a Gloria Inés entende de supermercados?

— O marido dela é economista.

— E o que isso tem a ver?

— Ai, Jorge, você está implicando só por implicar. Você só se importa com o supermercado. Nunca se importa com nós duas. Com se divertir. Com sair da cidade. Eu gostaria de viajar, mudar de ares, ver lugares novos, fazer outras coisas. Como você é chato.

— Posso levar a Paulina?

— Não — disse minha mãe. — Não queremos que o mar a leve embora, não é?

Estava sempre prestes a chover em La Bocana e tudo era cinza. O céu, o mar, a areia e as cabanas de madeira em cima de pernas de pau como os artistas de rua. A que nós alugamos tinha dois andares e ficava em uma colina chamada de El Morro.

De manhã íamos à praia. Minha mãe e minha tia tomavam sol enquanto liam as revistas da minha mãe. Eu brincava na beira da água com meu pai ou com as crianças nativas e turistas. Gonzalo nadava, corria, fazia exercícios de calistenia e desfilava ao longo da praia com os músculos ressaltados. Usava uma sunga minúscula, que marcava o pirulito embaixo do tecido, e os cabelos crespos e ralinhos pela falta de secador.

A maré subia e a praia ficava pequena. Almoçávamos peixe frito, cozido ou arroz com camarão em algum dos quiosques. Eles ficavam tomando cerveja e eu voltava para o mar com as crianças.

A maré baixava e a praia aumentava outra vez. Procurávamos o que o mar trazia. Sementes, conchas, garrafas, estrelas-do-mar. Uma vez encontrei um pé de coelho da sorte. Estava cheio de areia, me deu nojo e o joguei fora.

Sabíamos que era hora de ir embora quando da selva, ao fundo, subiam uns mosquitos monstruosos que atacavam em nuvem, picando-nos mesmo por cima da roupa, que corríamos para vestir, e entravam nos ouvidos, nos olhos e no nariz.

À noite caíam uns aguaceiros violentos. Não havia luz elétrica em La Bocana. Para nos iluminar usávamos lampiões de querosene que soltavam fumaça e atraíam as mariposas. Algumas eram bonitas, com cores delicadas e pelos loiros nas patas. Outras eram escuras e assustadoras, mil vezes maiores do que a que apareceu no apartamento.

Jogávamos cartas e apostávamos feijões. Meu pai, que jogava calado, com seu sorriso tranquilo de todos os dias, nos depenava. Eles bebiam alguma coisa. Vinho, rum, aguardente. Nós ríamos e minha tia ia para a cama trocando as pernas.

Meus pais e eu dormíamos no mesmo quarto. Eles numa cama de casal e eu numa de solteiro, separados por uma mesa de cabeceira. Quando eu ia me deitar, ao ver a minha cama vazia, me lembrava de Paulina e colocava um travesseiro do lado para cobrir o espaço que ela ocuparia.

Aconteceu no meio da noite. Acordei com as vozes, o arrazoado da minha tia Amelia. Desci as escadas atrás do meu pai. A sala estava às escuras, com minha mãe e Gonzalo ao fundo e minha tia ao pé da escada.

— O que está acontecendo? — disse meu pai.

— Eu encontrei os dois aqui.

As palavras da minha tia soavam como se ela tivesse pedras na boca.

— Desci para tomar um copo d'água — explicou Gonzalo.

— E eu — disse minha mãe — estava lendo porque não conseguia dormir.

— Lendo sem luz? — falou minha tia.

Não estava chovendo. Do lado de fora, o mundo parecia um gigante adormecido, e o barulho do mar era sua respiração. Dentro, tudo era sombra, nossas silhuetas e as dos móveis mais negras que a escuridão.

— A luminária se apagou. Gonzalo estava me ajudando a acendê-la.

— Você acha que eu sou idiota, Claudia?

— Você está bêbada — disse minha mãe.

— Você é uma dissimulada — rebateu minha tia, que não parava em pé.

— Ai, meu Deus, você viu a gente fazendo alguma coisa?

Minha tia, sem conseguir dizer nada, ficou olhando para ela.

— Digo isso com carinho, Amelia. Você está alcoolizada e vendo coisa onde não tem. Eu sabia que não era boa ideia sair de férias com você.

Minha mãe passou na frente dela e pegou meu pai pelo braço.

— Vamos.

Subimos, entramos no quarto e nos deitamos. Restou apenas o sopro calmo do mar.

Arrumamos tudo de manhã cedo. Descemos de banho tomado, vestidos e com as malas. Minha tia e Gonzalo estavam tomando café na mesa da sala de jantar. Saímos sem nos despedir. Nem sequer olhamos para eles.

Essa foi a última vez que estivemos juntos.

— Você e a sua mãe passam pela Zas de vez em quando?

Meu pai me fez a pergunta no dia seguinte à nossa volta de La Bocana. Ou no posterior. Seja como for, quando estávamos na rua, os dois, sem minha mãe. Na noite anterior havia chovido e a manhã estava leitosa. As coisas pareciam encobertas por um lençol branco. Olhei para o meu pai, pensando: por que você está fazendo isso comigo? Ele, armado com seu sorriso, queria uma resposta. Respirei.

— Sim.

— Entram?

— Às vezes.

— Às vezes ficam do lado de fora e o Gonzalo sai?

O sorriso fixo no rosto.

— Aham.

— Nas quartas-feiras, quando a sua mãe te leva para a aula de artes, ela entra com você ou vai embora?

— Vai embora.

— E demora para voltar?

Eu o odiei.

— Podemos falar de outra coisa?

O sorriso se desfez. Ele agarrou minha mão e continuamos a descer a avenida do rio. A cidade, com pouca luz e solitária, como o interior de uma casa velha.

Na quarta-feira da semana seguinte minha mãe parou o Renault 12 em frente à escola. Esperou que eu descesse e entrasse. O céu estava nublado. Na rua havia paus e folhas caídas, cor de café, amarelas, verdes, coladas ao asfalto pela umidade. Fazia um frio viscoso e nós duas estávamos de manga comprida.

Na porta da escola, eu me virei na direção dela. Consegui dizer a ela para não ir. Hoje vão me ensinar a fazer um retrato, fica, por favor. Embora eu tivesse uma foto dela para copiar, seria melhor se ela servisse de modelo. Você está linda na foto, mas na vida real é mais. Usava uma camisa amarela de botões e colarinho alto, os lábios vermelhos, o cabelo em um rabo de cavalo que lhe deixava elegante. Eles já sabem. Ela ergueu a mão para dizer adeus. Não vá hoje, consegui dizer.

Minha mãe arrancou.

A aula terminou e saí para esperá-la. Podia chegar cedo ou demorar meia hora. Não me lembro de ela ter demorado mais do que o normal nesse dia.

Eu me sentei no muro, sob a marquise da casa. Caía uma garoa que mal se notava. Os alunos que entravam e saíam da escola passavam ao meu lado. Os mosaicos do chão estavam desbotados. Fiquei de pé. Comecei a pular de lajota em lajota imaginando uma amarelinha. Senti calor. Tirei o casaco, amarrei-o na cintura e continuei pulando.

O Renault 12 chegou. Minha mãe, radiante, com o colarinho da camisa em pé, o rabo de cavalo intacto e os lábios com a cor perfeita. Eu me sentei ao seu lado.

— Você está suada — disse ela.

— Fica de perfil.

— Para quê?

— Não consigo fazer o seu nariz.

— Você está me pintando?

— Por enquanto estou desenhando.

Ela obedeceu.

— Já sei — disse. — É que ele é triangular.

— Meu nariz?

— E eu estava fazendo redondo.

— Quero ver esse desenho quando estiver pronto.

— Vai ser a óleo e eu vou pintar com cores ocres.

— Com fundo mostarda. Essa cor me cai bem.

— Está certo, xará — disse. — Vou fazer da mesma cor do carro.

Chegamos ao supermercado. Ela pegou uma cesta. De passagem, cumprimentamos dona Imelda, que nos seguiu com os olhos de um modo que mais tarde entendi. Minha mãe entrou no corredor da direita, o do leite e dos ovos, e eu no do meio.

Parei um momento em frente à gôndola dos doces tentando decidir o que queria. Se algo duro ou macio, açucarado ou ácido, colorido ou branco. Escolhi um pirulito vermelho.

Continuei até o escritório do meu pai. Fiquei surpresa ao encontrar minha tia Amelia lá. Estava à mesa, que era metálica e grande e a fazia parecer pequena, embora temível como uma rainha. Suas sobrancelhas estavam muito marcadas, a maquiagem, escura e ela vestia uma camisa preta com ombreiras altas.

— Onde está o meu pai?

— Oi, querida — disse com um sorriso que desapareceu ao ver minha mãe chegar.

Ela mudou a cesta de braço.

— O que você está fazendo aqui, Amelia?

— Meu irmãozinho pode ser tonto, mas ele já acordou.

— Do que você está falando?

— Já sabe que você está com ele.

— Ai, por favor, você vai continuar com isso? Está bêbada?

Minha tia, calma, disse:

— Viu você com ele hoje, Claudia.

Minha mãe congelou.

— Viu quando você o pegou e para onde foram.

Ela segurou a minha mão.

— Vamos embora que a sua tia está cada vez mais louca.

Andamos rápido pelo corredor. Chegamos ao caixa. Minha mãe soltou a minha mão para pegar as compras.

— Como você fica bonita com essa cor — disse dona Imelda referindo-se ao amarelo da camisa.

Era evidente que algo estava acontecendo. Meu pai tinha saído, minha tia Amelia o substituíra no seu escritório, minha mãe parecia alterada, mas dona Imelda agia como se tudo estivesse normal.

— E este inverno? Não para de chover, hein?

Olhou para o lado de fora, para a camada cinza espalhada pelo mundo. Minha mãe disse qualquer coisa e sacou a carteira. Suas mãos tremiam. Dona Imelda percebeu e não disse mais nada.

Entramos no carro. Fizemos o trajeto até o apartamento caladas, como se estivéssemos indo para um enterro. Só que nosso silêncio não era triste, mas sim espinhoso. Eu não me atrevi a abrir a embalagem do pirulito.

Minha mãe foi direto para sua mesa de cabeceira e pegou o telefone. Eu fiquei na entrada do meu quarto, onde ela não podia me ver e eu podia ouvi-la. A princípio ela falou aos sussurros. Logo ficou angustiada e levantou a voz.

— O turno dele ia até a hora de fechar… Não disse nada?… Se ele aparecer, se você o vir, se ele ligar, por favor, diga a ele para entrar em contato.

Passou o resto da tarde intranquila. Andava pelo quarto e pelo corredor, sem se afastar do telefone, que nunca tocou, incapaz de se deitar, de ler suas revistas ou ficar parada em algum lugar. Eu, no escritório, fingia ver televisão.

Anoiteceu e meu pai não chegou. Comemos. Ela, em silêncio. Eu, igual à dona Imelda, agindo como se nada estivesse acontecendo, falando disso e daquilo. A aula de artes, o retrato, as piadas da María del Carmen no colégio, a selva do apartamento que naquela noite parecia tenebrosa.

— Não é? Parece um filme de terror.

Lá fora, a chuva suave e incansável e o rio Cáli cada vez mais barulhento.

Terminamos de comer. Como sempre, assistimos à televisão e às oito ela me mandou escovar os dentes e ir para a cama.

O travesseiro estava frio e úmido, e algo duro como uma bola de vidro estava cravado no meu peito. Embalada pelo murmúrio da chuva fina e pelo som oco de uma gota no asfalto, fui adormecendo.

Em algum momento, não sei dizer como, sem que eu percebesse a transição, a garoa se transformou em tempestade e a tempestade entrou no meu sonho. Um relâmpago irrompeu, tudo se encheu de luz e de ruído e eu acordei.

Meu quarto estava calmo e do lado de fora nem sequer chovia.

A tempestade era no quarto dos meus pais. Era a voz do meu pai. Uma voz que saía de dentro dele, não da garganta, mas da barriga, como quando a terra ruge antes de tremer. A voz da minha mãe, um fiapo fraquinho, se notava nos pequenos espaços que ele deixava. Não dava para entender o que diziam. Apenas os gritos e a vibração. Apenas a fúria. Ela levantou a voz e, por uma vez, eu a ouvi com clareza.

— Vamos nos separar, então!

E ele:

— Vou te deixar na rua, como ele!

A porta do meu quarto estava entreaberta. Havia um pouco de luz no corredor. Eu me levantei e andei devagar. Os gritos não paravam. Fui para o corredor. A porta deles estava escancarada e vi meu pai. Magro e encurvado, com a camisa amassada, a careca brilhando sob a luminária e os poucos cabelos brancos bagunçados. Os gritos saíam da sua boca, deformada pela raiva, como dardos. Agarrou pelo braço a minha mãe, que estava de pijama e despenteada, a sacudiu e a jogou na cama.

Dei um passo. Eles me notaram e se viraram para mim. Minha mãe jogada na cama e meu pai com olhos de pedra. Ele andou até a porta e a fechou com força.

Os gritos cessaram. Agora não se ouvia nada. Só o silêncio. Só o abismo daquele silêncio.

Chorando, voltei para o meu quarto, agarrei Paulina e me aninhei com ela no canto da cama.

Segunda parte

Meus pais não se separaram na manhã seguinte. Tomamos café da manhã os três, como todos os dias, eu arrumada para o colégio e eles de pijama, calados.

— Lucila — disse a ela quando estávamos na rua —, ontem à noite meus pais brigaram feio.

— Cuidado para não pisar aí — falei, apontando para o cocô mole, ainda fresco, de um cachorro.

— Eles vão se separar.

Não respondeu.

— Você não me ouviu?

— Ouvi, mas vou fazer de conta que não.

— Por quê?

— Porque não se fala dessas coisas, menina Claudia. Isso é assunto dos seus pais.

Lucila era só um pouco mais alta que eu, embora larga e quadrada como uma empilhadeira. Usava um uniforme azul sem avental e o cabelo, que era preto com mechas grisalhas, amarrado em duas tranças em volta da cabeça. Entre as sobrancelhas havia uma ruga de pessoa mal-humorada, uma linha profunda e reta.

Ao chegar ao colégio ela me deu a lancheira e nos despedimos. À tarde, como de costume, estava me esperando na saída.

— Menina Claudia — me saudou.

— Minha mãe está em casa?

— Está.

— E meu pai?

— Almoçou e foi para o supermercado.

Percorremos o caminho sem falar. Eu ouvindo na cabeça os gritos do meu pai durante a briga. Vou te deixar na rua, como ele.

Tudo estava em ordem no apartamento. A selva com suas plantas. Os móveis no lugar. Minha mãe na cama com uma revista. As coisas do meu pai na mesa de cabeceira. A roupa dos dois no closet. Os frascos e potes no banheiro. A tarde passou sem novidades. Meu pai chegou na hora habitual e à noite nós três comemos, como sempre. Eles assistiram ao jornal e às oito eu fui dormir.

No dia seguinte, a mesma coisa. Meus pais agindo como se nada estivesse acontecendo, mas ele dormia no escritório, percebi quando me levantei para ir ao banheiro e o vi através da porta entreaberta, organizando seus travesseiros no sofá. Um homem careca e pequeno com o corpo em forma de gancho.

Antes, a rotina dos sábados era diferente. Nós nos levantávamos mais tarde, nos revezávamos no chuveiro e tomávamos café da manhã já arrumados, minha mãe com seu collant de ginástica vermelho. Ela nos levava ao supermercado e seguia para a aula de aeróbica.

Naquele sábado minha mãe me acordou sem novidades. Tomei banho depois do meu pai, me vesti e me penteei no meu quarto e desci para a sala de jantar. Ele estava vestido e ela de pijama.

— Você não vai para a academia?

Ele respondeu:

— Não.

Vou te deixar na rua.

Olhei para a minha mãe.

—Não — confirmou ela —, mas você vai para o supermercado.

Pareciam robôs. Não se olhavam nem falavam um com o outro.

Olhei para o meu pai.

— Sim — disse ele —, você vem comigo.

Virei para ela.

— O que você vai fazer?

— Nada.

Vamos nos separar, então, ela dissera.

— Você não vai?

— Vou para onde, Claudia?

— Então por que eu tenho que ir para o supermercado?

— Porque é bom que você saia.

— E que aprenda como funciona — acrescentou ele.

Então, de repente eles não iam mais se separar e as coisas permaneceriam iguais. Sem Gonzalo. Vou te deixar na rua, como ele. Eu o vi na minha cabeça. Sujo, barbado, com a roupa em farrapos, os músculos murchos e o cabelo crespo e ralinho como em La Bocana, quando saía do mar. Um mendigo perdido em um lugar distante da cidade.

Dona Imelda me nomeou empacotadora do caixa. Ela registrava os produtos e eu os classificava e os colocava em sacolas de acordo com o que eram: comestíveis ou não, frios, de quebrar ou moles.

No prédio da calçada da frente morava uma velhinha que fazia suas compras no supermercado. Era franzina, corcunda, com o cabelo pintado de laranja e roupas grandes, como se fossem emprestadas. Dona Imelda a conhecia da vida toda e elas ficavam conversando.

— Lembra quando a mãe a trazia numa cesta? — disse a velha referindo-se a mim.

— Como era esperta.

— Tinha os olhos bem abertos.

— Sustentava a cabeça sozinha.

— Começou a falar muito rápido.

— Não tinha completado um ano e meio e já falava um mundo de coisas. Eu me lembro de quando ela tinha cinco anos. Falava feito uma velha, com palavras difíceis.

— Claro, como não tem irmãozinhos, foi criada entre os adultos...

A velha e dona Imelda olharam para mim.

— E olha ela agora...

De cima a baixo.

— Uma menina muito inteligente.

— Inteligentíssima.

Se elas insistiam na inteligência, eu me dei conta, era porque não podiam dizer que eu era bonita.

— É uma pena o avô não ter conhecido ela — disse a velha.

Dona Imelda concordou, mas em seguida refletiu.

— Ou talvez seja melhor assim, não?

— Com certeza ela teria feito ele mudar. Os netos fazem isso.

— Pois é — disse dona Imelda.

Entreguei à velha a sacola com o macarrão, a manteiga e os tomates que ela havia comprado. Ela fez um carinho na minha cabeça para se despedir e começou a andar, frágil e lenta, um passinho depois do outro, dando a impressão de que o caminho até a calçada da frente levaria uma eternidade. Quando ela finalmente estava longe, eu me virei para dona Imelda.

— Por que é melhor o meu avô não ter me conhecido?

Ela olhou para todos os lados, certificando-se de que não havia ninguém.

— Ele era um homem difícil.

— Difícil como?

— De longos silêncios, como o seu pai, e quando falava era para repreender alguém.

No retrato do seu casamento, meu avô não sorria. Mesmo assim, eu pensava, esse homem feio deve ter se sentido muito sortudo com uma noiva tão jovem e bonita. Deve ter ficado arrasado quando a perdeu. Por isso não cuidava dos filhos. Por isso não os visitava nem comprava sapatos para eles. O coitado não suportava a dor de estar na fazenda onde viveu com ela.

Tínhamos poucas fotos da família do meu pai. Eram antigas e em preto e branco. Nós as guardávamos soltas, entre as páginas dos álbuns da minha mãe. A fazenda de café. Minha tia Amelia e meu pai com seus cadernos. A tia que os criou, uma mulher volumosa com cachos pretos e cara de mau humor. Meu avô com roupas de linho. Meu avô com seus filhos quando chegaram à cidade, duas crianças mirradas, como sobreviventes de guerra. O supermercado no dia da inauguração. Um carro velho. Minha tia Amelia e meu pai na formatura do colégio. Meu avô na varanda de casa, com uma cânula no nariz. Não sorria em nenhuma delas. Tinha o cenho franzido e a boca para baixo. Em uma nítida expressão de tristeza, pensava eu. Até que dona Imelda veio com seu comentário.

— Meu avô te repreendia?

— O tempo todo.

— Era bravo?

— Muito bravo. — Ela se aproximou e baixou a voz: — E com o seu pai era pior. Como a sua avozinha morreu no parto, eu acho que ele culpava o menino.

Imagina só, seu filhinho, um pobre bebê que ficou sem a mãe.

Meu pai estava no escritório fazendo contas na calculadora e anotações em um livro. O ventilador, em cima do arquivo metálico, se movia lenta e ruidosamente como se fosse emperrar. Ao me notar na porta, ele ergueu os olhos.

— Sua tia era boa com você?

A pergunta o pegou de surpresa.

— Minha tia Mona?

Assenti.

— Eu acho que sim — disse.

— Você amava sua tia como mãe?

— Não sei.

— Por que você nunca teve mãe?

— Não sei.

Ele ficou pensando.

— O que eu mais me lembro dela é o cheiro.

— Ela tinha cheiro de quê?

— De talco.

— Gostoso?

— Sim.

— Quantos anos você tinha quando ela morreu?

— Oito.

— Como eu.

— Sim.

— Você se lembra de quando morava com o seu pai?

— Lembro.

— Você gostava?

— A casa era mais moderna que a fazenda.

— Mas você gostava?

— Da casa do meu pai?

— De morar com ele de novo.

— Não muito.

— Porque estava acostumado com a sua tia e a fazenda?

— Porque ele me bateu com um cabo.

— O seu pai te bateu com um cabo?

— Sim.

— Por quê?

— Não me lembro.

Eu não tirava os olhos dele. Era como se o estivesse vendo pela primeira vez. Ele olhou para seu relógio.

— Já está na hora do almoço.

Deixou o lápis em cima do caderno. Levantou-se. Andou na minha direção e colocou a mão no meu ombro.

— Vamos?

Sorriu. Era um sorriso de órfão. Um de verdade. Não como a minha mãe, que, quando criança, sem ser, tinha se sentido assim.

Aos domingos, logo depois do café da manhã, meu pai e eu saíamos para caminhar.

Andávamos pelo nosso bairro e o do supermercado. Subíamos e descíamos as ladeiras. Admirávamos os prédios antigos e os casarões com paredes de pedra. Íamos até a estátua de Sebastián de Belalcázar, no topo de uma rua íngreme. Chegávamos vermelhos e suados, com a esperança de que houvesse um carrinho de picolé ou de raspadinhas. Nós nos sentávamos no muro e olhávamos a cidade, larga mas baixinha, as árvores, as nuvens.

Ou então caminhávamos pela avenida do rio, onde sempre fazia menos calor graças às árvores, tão gordas que não conseguíamos abraçá-las. Das pontes, observávamos o rio, ocre e denso nas estações de chuva, límpido e cinza-azulado no restante no tempo. Em uma planície, em frente à foz do rio Aguacatal, havia uma árvore com o tronco deitado que eu gostava de escalar.

Às vezes entrávamos no zoológico. Outras, continuávamos andando até o restaurante Cáli Viejo e além, onde acabavam as casas e o asfalto e na beira da estrada crescia uma vegetação desbotada que estalava, com árvores magras de galhos retorcidos.

Eu falava. Contava ao meu pai as coisas que aconteciam no colégio. Ele ouvia e ria quando tinha que rir. Eu lhe fazia perguntas sobre assuntos importantes ou superficiais da vida, do universo e da natureza. Ele refletia, me dava sua resposta, sempre precisa, ou dizia que não sabia e se calava.

Os mortos do meu pai, comecei a pensar, viviam em seus silêncios, como afogados num mar em calmaria.

Na nossa caminhada de domingo depois da briga, para medir quanto tempo meu pai conseguia ficar em silêncio, decidi fechar a boca e não lhe fazer perguntas. Saímos do apartamento, descemos de elevador, pegamos a avenida do rio, andamos até o zoológico e nenhuma palavra. Pensei que na bilheteria ele teria que dizer alguma coisa.

— Um adulto e uma criança? — perguntou a bilheteira.

Ele assentiu e no fim, para agradecer, sorriu.

Entramos e atravessamos a ponte sobre o rio. Era uma manhã de céu branco, mas o sol e o calor abafado começavam a subir. Foi um alívio nos refugiarmos na jaula das aves, um galpão gigantesco com cúpula de tela, paredes de pedra e uma vegetação abundante que fazia sombra.

Fizemos o trajeto devagar, procurando, entre os galhos e as plantas, os papagaios, os outros pássaros coloridos, os jacuaçus e, nos laguinhos, os patos. Meu pai, nada. Nem sequer apontava com o dedo. Apenas olhava. À medida que avançávamos, o calor se tornava cada vez mais sufocante e, no fim, parecia que não havia mais ar para respirar.

Abrimos as portas da saída e foi como colocar a cabeça para fora da água.

Meu pai limpou o suor do rosto e do pescoço com seu lenço. Havia uma paineira enorme e, debaixo de sua sombra, contemplamos os abutres. A jaula era alta, apesar de estreita, e eles estavam na ponta superior, olhando o mundo do seu trono como se fossem reis muito feios.

Seguimos pelo caminho paralelo ao rio. Já havia manchas azuis no céu e o sol vibrava sobre nossas cabeças, mas estávamos confortáveis, porque as árvores nos davam sombra, ouvia-se o rio, havia poucas pessoas e a calçada era larga.

Chegamos à jaula da jiboia. Estava quieta sobre um tronco de madeira, grossa, brilhante, esticada por um bom pedaço, enrolada e esticada outra vez. Parecia infinita. De repente ela se mexeu com a cabeça apontada na nossa direção e a vimos colocar rapidamente sua língua partida para fora, preta e achatada como uma fita. Meu pai não teve reação. Eu, horrorizada, agarrei a mão dele.

Voltamos para o caminho. Cruzamos com a tartaruga gigante de Galápagos. Ela se chamava Carlitos e sempre, até sua morte, andava solta pelo zoológico. De um modo desajeitado, com sua grande carapaça áspera como um jarro de barro. Eu queria ser sua amiga e montar nela. Olhei para o meu pai com vontade de dizer isso. Ele sorriu e tive forças para continuar calada.

Os crocodilos tomavam sol junto ao seu lago de água turva. Secos, rachados e tão quietos que pareciam mortos. As nossas mãos entrelaçadas suavam e meu pai não dava sinais de que isso ou qualquer outra coisa o incomodasse.

Avançamos até os rinocerontes. Pareciam de massinha, modelos feitos à mão, com rugas e rachaduras. Mais adiante, umas crianças gritaram que os veados tinham bebês. Soltei a mão do meu pai e saí correndo.

Eram dois filhotes de cervo, ainda inseguros em suas pernas magras. Eles me lembraram o Bambi, que perdeu a mãe e ficou sozinho na floresta, com um pai que não conhecia, e fui tomada por uma tristeza sem fim que parecia muito antiga. Meu pai me alcançou e ficou ao meu lado, mas era como se não estivesse ali. O silêncio o apagava. O desafio de não falar é uma tortura e uma estupidez, pensei, mas não falei.

Chegamos na parte das zebras e me concentrei nelas. De tanto olhar para elas, as listras começaram a me confundir e acabaram parecendo falsas, como se fossem pintadas, pôsteres de pendurar na parede.

Adiante estava o urso-pardo. Nós nos aproximamos e ele se espreguiçou, se levantou e, mexendo as cadeiras, foi tomar banho na piscina.

O urso-de-óculos não apareceu.

Os leões, em cima de uma pedra, dedicavam-se a bocejar.

O tigre dormia na sombra.

Por um momento, em frente ao tamanduá, fiquei confusa tentando entender o que era a cabeça e o que era o rabo.

Os babuínos, entediados, coçavam a cabeça e os sovacos.

Os macacos do Novo Mundo, em sua ilha, brincavam de galho em galho, se balançavam e gritavam loucamente.

O passeio terminou e meu pai mudo. Saímos do zoológico. Voltamos pela mesma avenida, sob o calor massacrante do meio-dia. Eu derrotada e ele indiferente, como se o silêncio sugasse sua alma e ao meu lado não caminhasse um homem, mas sua casca.

Subimos de elevador para o apartamento. Minha mãe, que estava colocando a mesa para o almoço, um frango assado entregue em casa, perguntou como tinha sido. Meu pai pensou que eu responderia. Espremi os lábios. Minha mãe perguntou de novo e então ele, sem olhar para ela, falou:

— Bom.

Nós nos sentamos. Eles duros e dirigindo-se apenas a mim.

À noite, para não ficar como numa partida de pingue-pongue, desci com Paulina e a sentei na cadeira da mesa de jantar que não tinha dono.

No domingo seguinte também fomos pela avenida do rio até o zoológico, mas em vez de seguir reto pegamos a velha ponte de pedestres, atravessamos para o outro lado e andamos pelo bairro do supermercado até que meu pai, sem que eu abrisse a boca, disse:

— Que solão.

Era uma gema de ovo no meio do céu.

— De repente a sua tia tem um suquinho.

Olhei para ele espantada.

— Você não está com sede? — perguntou.

Tive que admitir que sim.

— Vamos lá?

Fiquei olhando para ele, perguntando-me o que minha mãe pensaria. Ele estava sorrindo.

— Está bem — disse.

Minha tia Amelia apareceu na varanda para ver quem estava tocando a campainha e ficou surpresa ao nos encontrar. Com uma corda, ela desceu a chave em uma cestinha.

Ela estava nos esperando do lado de fora do apartamento, no patamar da escada, de pijama, uma camisola na altura dos joelhos, e abraçou nós dois ao mesmo tempo.

Entramos. Ela nos serviu o suco de abacaxi que tinha na geladeira. Tomamos de um só gole. Ela nos serviu de novo e nos sentamos na sala. Perguntou como eu estava, o que andava fazendo, como ia no colégio, o que estava aprendendo na aula de artes. Contei que estávamos trabalhando no rosto humano, que eu ia mais ou menos em matemática, que a María del Carmen teve catapora, que eu não andava fazendo nada de especial e que estava bem.

— E você?

— Bem também.

Tive vontade de perguntar pelo Gonzalo. Onde estava, o que tinha acontecido com ele, se ainda o via ou se os dois se falavam. Não tive coragem.

— Sentiu minha falta? — perguntou.

— Sim.

— Eu mais de você.

Abriu os braços. Fui até a cadeira de vime e me sentei no seu colo. Ficamos assim por um tempo, até que ela acendeu um cigarro que tinha um cheiro horrível. Começou a fazer perguntas sobre o supermercado ao meu pai e aproveitei para me levantar.

O quarto continuava com duas camas. Não havia mais revistas no banheiro. Os halteres também não estavam mais lá. Enquanto minha tia e meu pai conversavam, andei pelo apartamento tentando encontrar algum sinal de Gonzalo. Procurei nas gavetas do banheiro e da cozinha, no chuveiro, no closet, nas mesas de cabeceira e nas gavetas da penteadeira. Voltei para a sala. Procurei nas expressões da minha tia e do meu pai, nas coisas que eles diziam um ao outro e nas que não diziam. Não encontrei nada.

Eu queria acreditar que Gonzalo tinha ido embora por contra própria, levando apenas o que havia trazido e que meu pai no máximo o fizera assinar um documento para que não ficasse com nada, como ele dissera na noite em que o conhecemos.

Antes da briga dos meus pais, da briga da minha mãe com a minha tia, de Gonzalo chegar à família, eu tinha certezas. As mães tinham filhos porque os queriam. Tia Amelia vivia feliz em seu miniapartamento com suas batas. Meu avô era um homem triste. Meu pai, o mais gentil do mundo.

Agora, depois das brigas e de Gonzalo, sob as camadas das minhas certezas queimadas, num núcleo oco como o de uma cebola, pulsava o medo de que meu pai tivesse feito algo ruim. Algo pior que forçar Gonzalo a assinar um documento para deixá-lo na rua. Algo que eu preferia não imaginar e que era melhor apagar da minha cabeça.

Eu olhava para ele e via o mesmo de antes. Um homem com cara de bobo que parecia incapaz de fazer mal a alguém. Mas dentro dele, junto ao órfão, no mar de silêncio, eu já sabia, vivia um monstro.

Chegamos em casa. Minha mãe estava num banquinho com um garfo de jardinagem, trabalhando na terra do aguacatillo. Meu pai falou, para o nada, que precisava ir ao banheiro. Minha mãe disse, para mim, que tinha pedido sanduíches cubanos. E eu:

— Hoje nós fomos na casa da minha tia Amelia.

Minha mãe ficou parada, com as costas arqueadas em direção à terra. Meu pai continuou a subir a escada. Devagar, ela se virou para mim e me chamou com a mão. Esperou até o meu pai chegar ao segundo andar e entrar no quarto.

— O que ela falou para você? — perguntou em voz baixa.

— Nada.

— Vocês falaram sobre o quê?

— Sobre como estávamos, o que andávamos fazendo e o supermercado.

— Ela falou alguma coisa de mim?

— Não.

— Se ela falar alguma coisa para você, não acredita. Ela é uma mentirosa.

Eu a encarei, sem expressão.

— Entendeu?

— Eu ouvi, sim.

— Você não pode acreditar na sua tia Amelia, Claudia.

Minha mãe, naqueles dias, continuou atenta ao telefone e corria para atender quando ele tocava. Eu percebia a emoção com que ela dizia alô e o desânimo ao descobrir quem era. Gloria Inés, o gerente do banco, um engano.

O mudo não ligava mais e ela começou a ficar cada vez mais inquieta. Dava voltas pela selva. Sentava-se à penteadeira e logo se levantava. Deitava-se na cama e fazia o mesmo. Uma tarde ela pegou todos os utensílios de jardinagem, as tesouras, a pazinha, o garfo, o balde, as luvas, os fertilizantes, o banco, tudo, e logo depois, cedo demais, eu a vi na sua cama, sentada de cara para a parede.

— A senhora já terminou com as plantas? — perguntou Lucila do primeiro andar, tão surpresa quanto eu.

— Sim.

— Guardo as coisas?

— Por favor.

— Eu acho que as plantas já estão precisando de água, senhora Claudia.

— É verdade.

— Posso regar?

— Está bem, Lucila, obrigada.

Minha mãe pegou uma revista. Abriu-a, virou duas páginas e a largou. Eu, que estava na porta, entrei. Sentei-me na cama e peguei a revista. Era uma *¡Hola!* nova. Na capa, a princesa Diana. Abri.

— Olha a Sophia Loren.

Antes das brigas e de Gonzalo era ela quem me mostrava as fotos da Sophia Loren. Dizia que tinham o mesmo tom de pele. Agora olhou para ela de passagem.

— Vocês duas têm o mesmo tom de pele.

Nada. Mordeu uma unha.

Nos velhos tempos, minha mãe era obcecada pela Natalie Wood. Era uma atriz famosa que foi encontrada morta, boiando de barriga para baixo no mar. De pijama, disse minha mãe, com meias de lã, uma jaqueta vermelha e os cabelos esparramados na água como uma medusa. Durante semanas não falou de outra coisa.

O marido de Natalie Wood era Robert Wagner, um ator também famoso. O casal estava em seu iate com Christopher Walken, outro ator famoso, com quem ela estava contracenando em um filme. Os três beberam, jantaram e beberam mais. Era noite fechada e o mar estava revolto. Ela se despediu para ir dormir e deixou os homens na sala de estar. O marido disse que, um tempo depois, quando foi se deitar, não a encontrou na cabine, que ao procurá-la pelo iate se deu conta de que o bote inflável também havia sumido, que achou que ela tinha saído para dar um passeio e ficou esperando por ela, mas que depois de um tempo começou a se preocupar e ligou para as autoridades pelo rádio.

As autoridades a encontraram no dia seguinte, conforme minha mãe descreveu, e concluíram que a morte foi acidental.

— Acidental meu cu — disse minha mãe.

Ninguém além das autoridades acreditava na história do marido. Quem é que no meio da noite, de pijama e sem sapatos, ia ter a ideia de sair em um bote inflável para dar um passeio pelo mar escuro e revolto? Todo mundo achava que o marido tinha encontrado a mulher no camarote e que, com ciúmes de Christopher

Walken, havia brigado com ela e a jogado no mar. Todo mundo menos minha mãe.

— Se ele a tivesse jogado, ela teria tirado a jaqueta, teria nadado ou gritado, teria se agarrado ao iate, ao bote inflável...

— O que aconteceu, então?

— Ela se jogou por conta própria.

Não encontrei a Natalie Wood na *¡Hola!* nova. Em vez disso, encontrei a princesa Grace de Mônaco, cuja morte em um acidente de carro também tinha deixado minha mãe obcecada.

A notícia saiu na televisão e nos jornais, mas só falaram de generalidades. As revistas, que trariam os relatos substanciais e as fotos, demoravam semanas para chegar à Livraria Nacional vindas da Europa.

Minha tia Amelia estava lá, casada com Gonzalo sem que nós soubéssemos. Ela nos telefonou de Madri para dizer que estava tudo bem. Meu pai e eu ficamos de pé ao lado da minha mãe enquanto ela falava rápido, porque naquele tempo as ligações de longa distância eram muito caras, e aos gritos, como que para garantir que a voz atravessasse o oceano. Antes de desligar, minha mãe pediu que ela enviasse todas as revistas que encontrasse sobre a morte da princesa Grace.

Assim, elas chegaram mais rápido e minha mãe se dedicou a ler. Uma tarde, enquanto eu fazia o dever de casa, ela entrou no escritório com uma aberta na mão.

— Escuta isso — disse ela e leu algumas linhas que diziam que num ponto da estrada havia uma curva muito acentuada, onde os carros precisavam frear com força e manobrar o volante com cuidado. Então ela ergueu os olhos. — A princesa não fez isso.

— Que horror.

— Seguiu direto e passou pelo muro de contenção. Sabe o que é isso?

— É horrível.

— Ela estava cansada das obrigações.

— O quê?

— Escolheu o caminho mais perigoso e não freou na curva.

— Você acha que ela não quis frear?

— Ela odiava dirigir e tinha motoristas, mas nesse dia, apesar de estar com dor de cabeça, insistiu em dirigir ela mesma.

— E se jogou do penhasco de propósito?

Nas revistas eu tinha visto a foto do carro capotado no despenhadeiro.

— Sem se importar com a família dela?

As fotos do funeral. A dor no rosto do marido e dos filhos. As fotos de Stéphanie, a filha mais nova, que estava com ela no carro e teve que usar um colar cervical durante um tempo.

— Nem com o que podia acontecer com a Stéphanie?

— Estava cansada das obrigações — repetiu.

A foto que encontrei da princesa Grace de Mônaco a mostrava no caixão e era pequena, em preto e branco. A matéria tratava das festas de fim de ano daquele país, nessa ocasião sem celebrações, devido ao luto. A princesa, deitada em sua caixa, em meio a elegantes tecidos brancos, tinha os cabelos brilhantes, as mãos cruzadas com um rosário, os olhos fechados e uma expressão serena. Parecia mais jovem. A Bela Adormecida.

— Já está descansando — disse à minha mãe.

— Quem?

— A princesa Grace.

Mostrei a ela, que, com uma centelha de curiosidade, comentou:

— Sim.

— Estava muito cansada, né?

— Hein?

— Das obrigações.

— Ah, sim — disse, e se deitou na cama, me dando as costas.

No dia seguinte, ao chegar do colégio, eu a encontrei de pijama, recostada na cama, com uma caixa de lenços de papel e a cabeça numa pilha de travesseiros. Seus olhos estavam vermelhos, o nariz entupido e a voz fanhosa.

— Você chorou?

— Estou com rinite.

— O que é isso?

— Uma alergia. Fazia tempo que eu não tinha.

Pegou uma cartela de comprimidos na mesinha de cabeceira e tomou um, engolindo-o com água.

— O antialérgico me dá sono. Vou dormir um pouquinho.

E, assim como no dia anterior, ela se deitou me dando as costas.

Minha mãe começou a ficar na cama da manhã até a noite. O dia inteiro de pijama e sem se arrumar. A caixa de lenços de papel ao lado. O nariz e os olhos irritados.

As cortinas fechadas. Às vezes sem uma revista, sem ler nem fazer nada, toda encolhida, como um gato que se deita enrolado.

A primeira coisa que eu fazia quando chegava do colégio era ir ao seu quarto.

— Oi, xará.

— Oi.

— Como você está?

— Aqui.

— Você ainda está mal?

— Um pouco.

— Quer alguma coisa?

— Nada.

— Abro as cortinas?

— A luz me incomoda, Claudia. Quantas vezes eu tenho que repetir?

— Posso contar para você o que fizemos hoje?

— Melhor mais tarde. Tomei um antialérgico e estou com sono.

Eu almoçava e ela dormia. Fazia os deveres de casa e ela dormia. Às quatro horas ligava a televisão e, enquanto eu assistia à *Vila Sésamo*, ela dormia.

Ela se levantava da cama no fim da tarde. Abria as cortinas. Tomava um longo banho. Vestia outro pijama e se penteava na penteadeira, de um modo lento e mecânico, hipnotizada pelo espelho.

Lucila subia com café e torradas e ela comia na cama. Eu me sentava ao seu lado. Às vezes conseguia conversar com ela, fazer com que ouvisse minhas histórias do colégio, me fizesse uma pergunta, me contasse sobre as mulheres das revistas ou uma história dos meus avós. Uma tarde ela me disse que a última vez que havia tido rinite, antes dessa, foi com a morte da minha avó e, antes disso, com a do meu avô.

— E antes?

— Quando quase repeti o penúltimo ano do ensino médio.

Outras vezes eu não conseguia nada, mas ficava com ela assim mesmo até que terminasse o café e as torradas.

Quando meu pai chegava, ela tomava outro antialérgico, fechava as cortinas e se deitava. Já não disfarçavam que dormiam separados.

Lucila cuidava de algumas coisas que antes eram feitas pela minha mãe. A lista de compras do mercado, cuidar das plantas e preparar meu uniforme do colégio para o dia seguinte. Meu pai, do restante.

O aniversário da minha mãe caiu numa quarta-feira. De manhã levei para ela em uma bandeja o café da manhã feito por Lucila e lhe disse que se preparasse para receber uma surpresa à tarde. Ela sorriu. Na volta do colégio precisei esclarecer que quando disse à tarde estava me referindo a depois da minha aula de artes. Ela sorriu.

Almocei e meu pai chegou para me levar para a aula. Na volta, subi a escada correndo.

— Sua surpresa!

O quarto estava escuro e ela era um vulto na cama.

— O que é? — disse com uma voz pesada, como se fosse uma corrente que ela tivesse que arrastar.

Tirei a surpresa de trás das costas.

— Tcharan!

O retrato terminado. Aquele que eu copiei de uma foto. Minha mãe em cores ocres, com o fundo mostarda, como ela havia pedido. O nariz, depois de muitas tentativas, afinado.

— Você tem que olhar.

Por fim se mexeu. Ela se ergueu da cintura para cima. Naquele momento estava na pior fase da rinite. Só se levantava da cama para ir ao banheiro. Recusava o café e as torradas que Lucila levava para ela. Claudia, agora não, me dizia quando eu entrava para dar oi; Claudia, fecha a porta; Claudia, me deixa sozinha. Por isso, eu não esperava que ela se levantasse da cama, admirasse o retrato, falasse o quanto era lindo, como tinha ficado parecido, me beijasse, me agradecesse e nós o pendurássemos na parede do escritório com os demais retratos familiares. Mas, sim, que ela sorrisse como de manhã ou quando voltei do colégio, que reparasse nele, um gesto de aprovação, um brilho nos olhos, algo.

— Claudia, acabei de tomar o antialérgico e estou com sono. Me mostra mais tarde?

Baixei o retrato. Fui para o meu quarto e o enfiei debaixo da cama, com os brinquedos estragados ou que eu não usava mais. Peguei Paulina e fiquei penteando seus longos cabelos cor de chocolate com a escova minúscula das Barbies.

Poucos dias depois, fiquei confusa ao chegar do colégio e encontrar o quarto iluminado, com as cortinas abertas, o rádio-relógio na mesa de cabeceira do meu pai sintonizado nas notícias, e ela sentada na cama.

— Karen Carpenter morreu hoje de manhã — disse ela.

Estava de pijama, despenteada e sem banho tomado, mas, dadas as circunstâncias, parecia quase animada.

— Como?

— Foi encontrada no chão do closet, nua, mas coberta pelo pijama que tinha acabado de tirar para se vestir. Até para morrer se comportou como uma boa moça.

Karen Carpenter era a cantora e baterista do Carpenters, uma dupla de irmãos que se vestiam como bons-moços e tocavam um roquezinho inocente e pegajoso.

— Morreu de quê?

— De anorexia.

Naquela época sabia-se pouco sobre essa doença. Eu nunca nem tinha ouvido aquela palavra.

— O que é isso?

— É quando a pessoa se mata de fome.

A primeira revista com a história da morte de Karen Carpenter chegou algumas semanas depois. Esperei que a minha mãe a largasse e a levei comigo para o quarto. Eu nunca tinha lido uma matéria inteira antes.

A anorexia nervosa, começava o texto, era a doença das jovens obedientes e bem-sucedidas que ficavam obcecadas com o peso. Paravam de comer, vomitavam, tomavam laxantes, faziam exercício sem parar. Não acreditavam na balança quando lhes mostrava que seu peso tinha diminuído abaixo do normal e se viam gordas no espelho apesar de estarem magérrimas. Aguentavam a fome durante anos, ficavam desnutridas e um dia o coração falhava.

Em uma das fotos Karen Carpenter aparecia com os ossos do rosto marcados. A mandíbula, as maçãs do rosto, os arcos das sobrancelhas. Os olhos, redondos e escuros, já pareciam ocos. Era quase uma caveira.

Desmaiou na casa dos pais. Estava tão fraca que os paramédicos não conseguiram reanimá-la. Tinha trinta e dois anos. Era bonita, rica, famosa, amada pela sua família e pelos fãs. Uma estrela do rock que encarnava o melhor da juventude da sua época. Em seu organismo não havia drogas nem álcool. Nem sequer fumava. A coisa mais forte que consumia era chá gelado. Karen Carpenter não caiu nos excessos de outros músicos que morreram de overdose. A matéria citava como exemplo Jimi Hendrix, Janis Joplin e Elvis Presley. Mas à sua maneira perseguiu o mesmo que eles, a autodestruição, e assim acabava.

— O que é overdose?

Minha mãe tinha acabado de tomar banho e estava na penteadeira, desembaraçando seus longos cabelos com um pente de dentes largos. Eu, atrás dela no reflexo, com uma mancha de suco de amora na camisa branca do uniforme, parecia acalorada. Ela fresca e eu suada, como se vivêssemos em países distintos.

— Você leu a matéria?

— Sim.

Virou-se para mim e disse:

— É quando alguém toma drogas demais.

— E se morre disso?

— Às vezes.

— Por acidente?

— Ou de propósito.

— Por que alguém faria isso de propósito?

Voltou para o espelho e continuou a se pentear.

— Ai, Claudia, porque tem gente que não quer viver.

Eu tinha ouvido falar de suicídio e achava que sabia o que era, mas só agora começava a entendê-lo. Não era que de repente a pessoa caía num acesso de loucura e se matava. Não era algo que acontecia apesar dos seus desejos ou intenções. Não era uma brincadeira ou uma travessura que dava errado. Era que a pessoa realmente queria morrer.

Vi minha mãe magra, desbotada, com o nariz descascado de tanto assoar, o peito e os olhos fundos. Eu a enxerguei de verdade.

— Mamãe, você quer viver?

Ela me olhou pelo reflexo por um instante. Logo em seguida desviou os olhos.

— Não pergunte bobagens — disse.

— Papai, existe gente que não quer viver?

Era domingo e Cáli estava deserta. Toda nossa.

— Gente que não quer viver?

— Minha mãe me disse.

— Ela disse que existe gente que não quer viver?

— Como a Karen Carpenter, que se matou de fome.

Estávamos em frente à foz do rio Aguacatal.

— Sua mãe disse isso para você?

— Sim.

— Karen Carpenter tinha uma doença.

O rio Cáli corria manso por entre as pedras.

— A princesa Grace de Mônaco se jogou do penhasco.

— Foi um acidente.

— Como você sabe?

— Disseram nas notícias.

— E a Natalie Wood?

— Um acidente também.

— Disseram isso nas notícias?

— Sim.

O Aguacatal, menor, entrava tímido, como se não quisesse incomodar.

— Você já quis se matar alguma vez? — perguntei.

— Não.

Meu pai, que tinha mantido o olhar à frente, no muro de pedra do casarão entre os rios, olhou para mim.

— E você?

— Também não.

Ele sorriu.

— E a minha mãe? — disse com uma voz fraquinha como a do Aguacatal.

— Claro que não — garantiu. — Eu não conheço ninguém que queira se matar.

Eu também sorri e corri para escalar a árvore do tronco deitado.

Então Gloria Inés se matou.

Minha mãe dizia que Gloria Inés era o mais próximo que ela tinha de uma irmã. Não havia fotos dela na parede do escritório, mas sim na mesinha do bonsai, em um porta-retratos de prata trabalhada. Era em preto e branco. Estavam as duas, junto à árvore-da-chuva do clube. Minha mãe, uma menina mirrada com cabelos compridos, escuros, cheios. Um cabelo para um corpo que o merecesse. O de Gloria Inés estava arrepiado, ela usava óculos gatinho e uma minissaia que deixava suas coxas de potranca à mostra. Era muito mais alta que a minha mãe e curvilínea, já uma mulher.

Nessa época, minha mãe me contou, ela tinha onze anos e Gloria Inés, dezesseis. Era bárbara. Fumava e se maquiava no banheiro, saía com garotos e namorou dois ao mesmo tempo. O acidente aconteceu na época em que tiraram aquela foto.

Uns gêmeos muito populares do clube pegaram o carro dos pais sem permissão e Gloria Inés e sua amiga fugiram com eles. Entraram na rua Quinta, aceleraram, avançaram um sinal e, pum, bateram num caminhão de mudanças. Os gêmeos sofreram apenas alguns arranhões, a amiga fraturou uma vértebra e duas costelas e Gloria Inés ganhou sua cicatriz. Um fio que descia diagonalmente pela testa e dividia uma das sobrancelhas em duas.

Eu não a considerava minha tia. Nós a víamos pouco, no máximo umas duas vezes por ano. Além de ser alta, ela usava saltos e olhava por cima do ombro. Sua voz era rouca, de ex-fumante. Usava base, sombras, batom, as sobrancelhas muito marcadas e o cabelo mais arrepiado do que na juventude. Tinha dois filhos. Uns adolescentes feios e magricelas. O marido era o mais baixo da família. Um senhor de cabelo engomado e bigodes muito pretos.

Quando íamos à casa deles, os garotos apareciam de bermuda, descabelados e com as pernas brancas, como se nunca tivessem ido ao clube. Em mim e na minha mãe, eles davam um beijo. No meu pai, um aperto de mão. Não diziam uma só palavra e voltavam para seus quartos. O marido falava sobre o tempo e as notícias. Meu pai fazia uma afirmação. Minha mãe respondia com um comentário. Gloria Inés erguia a sobrancelha partida.

Seu apartamento ficava na avenida de Las Américas, no décimo oitavo andar. A parede da varanda era alta e eu precisava ficar na ponta dos pés para colocar a cabeça para fora. A cidade, abaixo, tão distante, parecia de mentira, como uma maquete, com as árvores, as pessoas e os carros pequenininhos. A sensação de vazio, sim, era real. Dezoito andares: um precipício mortal. Não como o da escada do nosso apartamento, que apenas parecia. Quando olhava para ele, sentia uma coisa gostosa na barriga e, ao mesmo tempo, um medo terrível, porque imaginava a queda.

O chão desse apartamento tinha manchas cinza e marrons. Um deserto para as plantas de Gloria Inés. Ela tinha cactos, agaves e suculentas, e estavam posicionados como soldados, firmes e à distância, em seus vasos de barro, alguns com espinhos, como se desconfiados das pessoas.

Apesar dos gostos tão diferentes, minha mãe e Gloria Inés admiravam as plantas uma da outra. Ela, quando vinha ao nosso apartamento, sentava-se na poltrona, de cara para a floresta das plantas maiores.

— Você podou aqueles fícus — dizia, por exemplo.

— Estavam tão grandes — explicava minha mãe — que teríamos que sair do apartamento.

E na casa de Gloria Inés, minha mãe:

— Aqueles rabos-de-burro não estavam pendurados antes, certo?

Os rabos-de-burro eram umas plantas verde-claras que caíam como cachos de uva e pendiam do teto da varanda.

— Os coitadinhos estavam tão esparramados pelo chão, compridos feito umas cobras. Eu tinha medo que pisassem neles.

Elas se admiravam e competiam entre si.

A última vez que vimos Gloria Inés foi no nosso apartamento, na época em que minha mãe ia à academia aos sábados e o mudo desligava quando não era ela quem atendia.

Enquanto Gloria Inés contemplava a selva, os filhos e o marido se sentaram no sofá de três lugares. O marido com certeza lançou o assunto do tempo e das notícias. Meu pai assentiu, minha mãe disse qualquer coisa, os garotos bocejaram, as palmeiras os envolveram e um deles se sobressaltou com o toque. Gloria Inés ergueu a sobrancelha partida.

— Você fala com elas e põe música?

— Para as plantas? — Minha mãe soltou um risinho debochado. — Claro que não.

Por mais que ela limpasse as folhas uma por uma e se agachasse para arrancar as ervas daninhas e mexer na terra, seus cuidados eram frios, como esfregar um enfeite de bronze para que ele brilhe.

— Dizem que elas gostam muito — argumentou Gloria Inés. — As minhas estão lindas.

Minha mãe olhou para sua selva fértil, robusta e eu entendi o que ela dizia: e por acaso as minhas não?

A última vez que soubemos dela foi no dia da minha primeira comunhão, logo depois das brigas e da morte de Karen Carpenter.

Os preparativos me mantiveram muito ocupada. O catecismo com a diretora do primário. Aprender o novo e longuíssimo credo, as orações, as respostas da missa, as canções. Ir com meu pai, porque minha mãe ainda estava mal da rinite, nas provas do vestido. Não me esquecer de pedir a ele que fôssemos à missa aos domingos. Ficar bem-comportada o tempo todo.

A confissão foi dois dias antes na capela do colégio. O corredor era longo. Ao fundo, entre pesadas cortinas vermelhas, o Cristo pendurado. Magro, ferido, com pregos, a coroa de espinhos e a cabeça curvada para baixo. Uma visão aterrorizante. No chão estava o túmulo da fundadora do colégio. Lá dentro dava medo. Acima de tudo, o silêncio.

Eu me ajoelhei no confessionário. Contei ao padre, uma sombra atrás da tela, os meus pecados. Que antes eu quase nunca ia à missa. Que agora não conseguia ir todos os domingos. Que havia visto mulheres peladas em uma revista *Playboy*. Que tinha maus pensamentos.

— Que pensamentos?

— Que o marido da minha tia cheira mal e mora na rua. Que o meu pai no fundo é uma pessoa ruim. Que a minha mãe não tem rinite, mas preguiça. Que meus pais vão se separar...

— Mais algum?

— Que a minha mãe vai se matar. Mas esse já não tanto, porque meu pai me disse que não era verdade.

— Isso é tudo?

— Sim.

Como penitência, ele me fez rezar um pai-nosso e uma ave-maria. Fiquei de pé. Enquanto eu me afastava, antes que a próxima menina chegasse para se confessar, eu o ouvi se mexer dentro do confessionário.

Na véspera, enquanto minha mãe tomava seu café com torradas, contei a ela, porque era verdade, que o padre tinha dito ser muito importante que todos os familiares nos acompanhassem na cerimônia. Estávamos na cama dela. As duas sentadas, de pernas cruzadas. Ela em frente à bandeja.

— Eu estarei lá, Claudia.

De manhã ela se levantou antes de nós. Tomou banho e, pela primeira vez desde a briga com meu pai, pôs uma roupa de sair e se maquiou. O vestido era preto, o batom, café, e seu cabelo estava preso num rabo de cavalo. Não parecia alegre, mas era quase como se não tivesse rinite.

Meu pai vestiu paletó e gravata. Eu, meu vestido branco com mangas bufantes e uma faixa. Ela amarrou o laço nas minhas costas e prendeu o meu véu. Era a primeira vez desde o começo da rinite que fazia algo assim por mim. Ela me entregou uma caixinha de veludo azul. Eu a abri. Dentro havia uma corrente de ouro com um pingente de anjinho.

— Sua avó deu para mim no dia da minha primeira comunhão. Agora é sua.

Ela colocou a corrente em mim e nos abraçamos.

A capela estava repleta de flores brancas. As portas laterais com vista para o jardim do colégio estavam abertas e entrava a luz da manhã. Não dava mais medo. Nós, as meninas, nos organizamos em duas filas, cada uma com uma veladora na mão, e a diretora as acendeu. Enquanto andávamos para o altar, cantando *"A paso lento va la caravana por el sendero del alto peñón"*,[*] vi minha tia Amelia em um dos bancos no fundo. Usava uma blusa brilhante e batom vermelho. Ao me ver, sorriu.

Meus pais estavam longe dela, em um dos bancos da frente, lado a lado, apesar de olharem em direções diferentes. Minha mãe, para o altar e ele, para nós com seu sorriso de sempre. Estávamos todas vestidas igual e acho que ele não conseguia me distinguir entre minhas colegas.

Tentei prestar atenção em todas as partes da missa. Era longa demais e eu me distraía. O padre, que era jovem e bonito e nos provocava risinhos, agora estava tão sério e chato que não nos dava vontade de rir.

Chegou a hora. Nós nos levantamos em ordem e andamos em pares até o altar. Pensei que ao receber a hóstia e o vinho, que eram o corpo e o sangue de Cristo, eu sentiria uma mudança profunda. Que, livre

---

[*] *"Em um ritmo lento a caravana segue pelo caminho do alto penhasco"*, trecho da tradicional canção de escoteiros "A passo lento va la caravana". (N. da T.)

do pecado e tomada por Ele, ficaria leve, pronta para voar. Eu me concentrei. Foi decepcionante. A única
coisa que aconteceu foi que a hóstia grudou no meu céu
da boca e passei o caminho de volta até o banco lutando para tirá-la com a língua, mas na frente das minhas
colegas, da María del Carmen, que tinha lágrimas nos
olhos, fingi que havia sido espetacular.

Ao fim da cerimônia nos reunimos com nossas fa-
mílias no jardim. A minha era a única que não tirava
fotos. Minha mãe se agachou, me deu parabéns, me
beijou, se levantou e foi andando para casa. Meu pai
e minha tia, que esperavam mais para o lado, se apro-
ximaram. Fomos almoçar em um restaurante. Depois
me levaram à festa da María del Carmen no clube. Eu me
esqueci das brigas, de Gonzalo, da minha mãe e sua
rinite e fui feliz com as minhas amigas.

Quando cheguei em casa minha mãe se levantou
da cama. Ela me ajudou a tirar o vestido. Enquanto eu
vestia o pijama, ela o dobrou e o enfiou em uma sacola
para levá-lo à lavanderia. Foi até seu quarto e voltou
com outra caixinha embrulhada em papel de presente.

— Este é da Gloria Inés.

— Ela veio?

— Está indisposta e o mandou pelo marido.

Abri a caixinha. Era uma pulseira com meu nome
gravado.

— Adorei.

— Amanhã você liga para ela e agradece.

O dia seguinte era Domingo de Ramos. Acho que liguei para ela, mas não me lembro da conversa, se é que existiu.

Meu pai trabalhou de segunda a quarta-feira. Lucila foi para sua cidade, de folga, e nós passamos a Semana Santa em casa só os três. Dias eternos de sol e filmes da Paixão de Cristo. Meu pai no escritório. Minha mãe às escuras na cama. A selva pulsando no andar de baixo. A escada como um abismo que de repente parecia maior que os dezoito andares do apartamento de Gloria Inés. Eu sempre com Paulina para não me sentir tão sozinha, na mesa, no escritório, no quarto da minha mãe e no meu.

Estava de volta ao colégio, na aula de espanhol, com a professora mais querida, quando bateram à porta. A professora abriu, falou com uma pessoa que não podia ser vista de onde eu estava e olhou para a sala. Para mim.

— Claudia, vieram te buscar.

— Por quê?

Dava para ver na cara dela que era algo sério.

— Arruma as suas coisas.

— O que aconteceu?

Minhas colegas, em suas carteiras, olhavam para mim. A professora não respondeu. Veio até mim. Ajudou a guardar os meus lápis e cadernos. Colocou o braço em volta das minhas costas e andou comigo até a porta. Eu, com as pernas bambas, não me atrevia a imaginar nada. María del Carmen veio com a minha lancheira, que eu tinha esquecido, e a entregou para mim.

Do lado de fora da sala estava Lucila, larga e baixinha, com suas tranças amarradas e a ruga, como uma cicatriz, entre as sobrancelhas. A professora fechou a porta. Lucila e eu ficamos no corredor, vazio como eu nunca tinha visto. Por medo da resposta, não fui capaz de perguntar nada.

— Dona Gloria Inés morreu.

A primeira coisa que senti foi alívio de não ser a minha mãe. A segunda, acho que culpa por sentir alívio. A terceira, que aquilo não podia estar acontecendo.

— Mentira — disse.

Lucila, áspera como sempre, olhava para mim.

— Sinto muito.

— É verdade?

— Sim.

— O que aconteceu?

— Não sei, menina Claudia. Vamos para casa que a sua mãe está te esperando.

Ela pegou a minha lancheira e avançamos pelo corredor. O colégio antigo e enorme, o teto altíssimo, as lajotas gigantes, num silêncio que seria total, não fosse o som plástico dos nossos passos.

Minha mãe estava de pé no topo da escada. Parecia uma louca. Chorando, descalça, com o pijama branco e o cabelo na cara. Uma louca ou uma aparição, como a Chorona da lenda. Larguei a maleta e subi.

— Ainda não consigo acreditar — disse.

Passei a mão por sua cintura e ela se deixou levar até o quarto. Nós nos sentamos na beira da cama.

— Como ela morreu?

— Se matou.

— Como assim?

— Se suicidou.

— Como?

— Pulou da varanda.

— Para a rua?

— Os dezoito andares.

Vi a queda. Gloria Inés pulando no ar. Cabeça para baixo, cabeça para cima. Igual à princesa Grace de

Mônaco dentro do carro enquanto despencava. Gloria Inés carimbada na calçada. Longa e maciça. O cabelo crespo aberto no asfalto. Natalie Wood no asfalto.

— O marido disse que ela estava em cima de um banco regando as plantas que tinha pendurado lá. Os rabos-de-burro, lembra?

— Sim.

— E que tombou.

Minha mão ainda estava em suas costas. Eu a subi. Tinha emagrecido tanto que parecia uma torre de gravetos. Karen Carpenter.

— Ou seja, foi um acidente.

— Claro que não. Os rabos-de-burro estavam para dentro, não na beirada, e ninguém toma um tombo em uma varanda. Acho que ela nem estava regando as plantas.

— Então por que o marido disse isso?

— Não pode dizer que ela se jogou.

— Por quê?

— Para poder levá-la para o cemitério.

— Como assim?

— É proibido enterrar os suicidas no campo-santo.

Não podia acreditar no que estava ouvindo.

— Por quê?

— Suicídio é pecado mortal.

Eu tinha aprendido no catecismo que se uma pessoa morria em pecado mortal, sem se confessar ou se arrepender, não podia ir para o céu.

— Gloria Inés vai para o inferno?

Minha mãe desatou a chorar.

— Bem — falei. — De repente ela se arrependeu.

— Além disso, ele deve ter vergonha — disse ela quando se acalmou. — Gloria Inés tinha depressão.

Minha mãe tomou banho, se vestiu de preto e prendeu o cabelo em um coque. Estava começando a se maquiar sentada à penteadeira quando meu pai chegou. Foi direto até ela. Agachou-se. Minha mãe, que estava de frente para o espelho, se virou. Pela primeira vez desde a briga eles ficaram assim tão próximos. Olharam-se. Ela chorou e ele colocou a mão sobre a dela.

— Vai ficar tudo bem, filha.

Meus pais me deixaram com a tia Amelia e foram ao velório. Minha tia me perguntou se eu estava triste. Num impulso eu disse a verdade, que não. Logo me senti mal. Gloria Inés era a última parente da família da minha mãe.

— É que a gente quase nunca se via.

— Você não tem obrigação de ficar triste.

— Eu fiquei impressionada.

— Eu também, e olha que eu mal a conheci.

— Ela vai para o inferno?

— Por que você acha isso?

— Porque ela se suicidou...

— Sua mãe disse isso para você?

Assenti.

— Bom, a sua mãe acredita nisso.

— Não é verdade?

Ela fez cara de que não tinha como saber.

— Só a Gloria Inés sabe a verdade.

Minha tia me ajudou com a lição de casa. Jogamos dominó e comemos salsichas com batata frita de saquinho e molho de tomate. Ela se serviu uma taça de vinho e eu coloquei o pijama e escovei os dentes com o dedo, pois tinha me esquecido de levar a escova. Ela terminou a taça de vinho, por sorte não se serviu outra, e fumou o último cigarro na varanda. Apoiadas no parapeito, olhamos a noite, que estava calma e clara, como se faltasse pouco para amanhecer e todas as pessoas estivessem dormindo. Fomos para o quarto e nos deitamos. Ela em sua cama. Eu com Paulina na de Gonzalo. O ar que entrava pela porta aberta da varanda inflava as cortinas, que eram fininhas, e depois elas esvaziavam, e de novo outra vez.

— Tia, você se sente sozinha?

Lá fora a cidade continuava em suspenso.

— Às vezes.

— Paulina é a minha boneca favorita.

— Eu sei.

— Levo ela comigo para toda parte. Para comer com meus pais, ver televisão, dormir. Na Semana Santa não nos separamos nem um minuto. Obrigada pelo presente.

— Foi com muito prazer.

A luz da rua entrava no quarto e minha tia e eu refletíamos no espelho da penteadeira. Dois corpos pequeninos em camas de casal. Ao fundo, no ponto de fuga, como nos desenhos com perspectiva da minha aula de artes, a escuridão não tinha fim.

— Você se sente sozinha, querida?

— Às vezes.

Algumas pessoas passaram na rua e Cáli voltou à vida. Passos, vozes, o latido de um cachorro, o motor de um carro ao longe.

— Quer vir para a minha cama?

— Com a Paulina?

— Melhor só você.

Pensei por um momento e me decidi. Deixei a Paulina bem deitada. A cabeça apoiada no travesseiro, os olhos fechados, o lençol até o pescoço para que não sentisse frio. Minha tia e eu nos acomodamos na sua cama.

Ficamos de lado, olhando uma para a outra. Ela colocou o braço em volta de mim. O cheiro do cigarro estava grudado na sua pele e também vinha de dentro dela, pela boca, como se sua barriga estivesse cheia de cinzas. Com esse cheiro sujo e o peso do seu braço, adormeci.

Não percebi quando meus pais chegaram para me buscar. Acordei por um instante no carro. Meu pai me carregou para fora. Ele me deitou na cama do meu quarto, no escuro. Parou na porta, que deixou entreaberta. Era uma sombra encurvada. Com passos lentos, saiu para a luz do corredor e continuou, não em direção ao escritório, mas ao quarto deles.

Ouvi a voz da minha mãe:

— Parou de tomar os antidepressivos.

Eu me sentei na cama e os imaginei. Ela na penteadeira, ainda vestida e com o coque, um lenço de papel na mão, o frasco de demaquilante na outra. Ele avançando com seu passo cansado na direção do cabideiro.

— A amiga dela me disse, aquela que eu apresentei para você.

— A baixinha?

— Essa. Estava dentro do quarto havia meses, sem abrir as cortinas, vendo os mesmos filmes no videocassete. *Love Story* e *Em algum lugar do passado*. Várias vezes pensei que fazia muito tempo que não nos falávamos e disse a mim mesma que deveria ligar para ela...

Ficaram em silêncio. Minha mãe perdida no espelho, imaginei, já sem maquiagem, pálida, com olheiras e o nariz machucado. Ele, atrás, no reflexo. Um homem exausto, de camisa para fora, abrindo os botões um a um.

De novo, a voz dela:

— Mas eu não liguei. E o marido e os filhos também não fizeram nada.

Meus pais voltaram a dormir juntos, a se olhar e a conversar. Ela continuava passando o tempo na cama, mas lia suas revistas, tomava banho, se penteava, descia para o primeiro andar, cuidava das plantas e comia com a gente.

Um domingo, semanas depois da morte de Gloria Inés, saímos em família. Foi a primeira vez desde a briga. Meu pai dirigia e minha mãe ia no carona. Eu, atrás, sentada no meio do banco, com Paulina no colo, não parava de falar. Que o ano letivo estava quase acabando, que as tabuadas de sete e de nove eram impossíveis, que tomara que eu não repita em matemática nem fique em prova final, que seria bom sairmos de férias, que a mamãe estava muito bonita.

— Não é, papai?

— É verdade.

Uma vez um colega dele da época de colégio, com quem encontramos por acaso no parque de diversões, perguntou se ela era sua filha. Hoje minha mãe também parecia sua filha. Estava de calça jeans, com uma camiseta preta de gola canoa que deixava um ombro à mostra e o cabelo preso num rabo de cavalo juvenil.

— Claudia — disse ela, virando-se para mim —, eu sei que você está animada, mas o marido e os filhos da Gloria Inés andam muito tristes. Você precisa se acalmar.

— Sim, mamãe.

Os filhos de Gloria Inés, como sempre, saíram de seus quartos de bermuda e descabelados, nos cumprimentaram sem entusiasmo e voltaram para seus quartos.

— Estão arrasados — disse o marido.

E minha mãe:

— Não é para menos.

Ela puxou o assunto das notícias. O marido tentou se interessar, mas logo se calou. Minha mãe, então, falou do tempo. O marido, com o cabelo e o bigode perfeitos, tomou um gole da xícara de café e o único que respondeu foi meu pai:

— Vai começar o verão.

Sem Gloria Inés, ninguém tinha o que falar, e lá fora ficava a abominável varanda. Os rabos-de-burro, longos e pálidos, pendurados na frente do vidro, a poucos passos do precipício. Os cactos, os agaves e as suculentas do lado de dentro, desconfiados como sempre.

— Quem está cuidando das plantas? — perguntou meu pai.

Minha mãe olhou para ele horrorizada e o marido enterrou a cabeça nas mãos.

Depois de duas visitas, não voltamos mais.

Poucas semanas depois, quando a vida estava quase como antes das brigas e de Gonzalo, a porta do apartamento se abriu no instante em que Lucila enfiava a chave na fechadura. Era minha mãe, penteada, maquiada e toda colorida, com uma calça listrada festiva, uma blusa branca sem mangas e os saltos vermelhos. Vê-la assim, em meio à selva, me impressionou mais do que quando a encontrei chorando no topo da escada.

— O que aconteceu?

— Oi, xará — disse, sorridente.

Pegou minha maleta, deixou-a ao lado da escada e fomos para a mesa de jantar.

— Aconteceu alguma coisa?

— Nada.

Lucila trouxe o meu almoço e voltou para a cozinha.

— Como foi o seu dia?

— Bom — respondi, esperando que a qualquer momento ela soltasse a má notícia. Que a bomba nuclear havia explodido. Ou algo pior. Que anunciasse que estava saindo de casa porque meu pai era um monstro, que ela nunca quis ter filhos, que estava cansada das obrigações e Gonzalo, sim, a fazia feliz.

— Você gostaria que passássemos as férias numa quinta?

— Era isso o que você tinha para me dizer?

— Sim.

Respirei.

— Nós três?

— Claro.

— Tem piscina?

— Tem cascata.

— Onde fica?

— Na montanha. No meio de uns penhascos que você não pode imaginar.

Ela me disse que, enquanto pagava alguns boletos no centro comercial, encontrou Mariú e Liliana, duas colegas de colégio de quem eu nunca tinha ouvido falar, e que elas iam para Miami de férias e estavam alugando a quinta.

— A mãe delas sumiu lá quando éramos pequenas.

— Como assim?

— Puff, sumiu.

Ela falava com uma alegria que não sentia havia muito tempo e, principalmente, que não correspondia ao que estava contando.

— Não entendi.

— Era uma noite de muita neblina. A mãe delas saiu de carro e nunca chegou nem à sua quinta, nem à sua casa em Cáli. E ninguém nunca mais a viu.

Quis saber exatamente onde ela havia desaparecido, quando, como, por que e se agora estaria no Triângulo das Bermudas, mas, por mais que eu perguntasse, minha mãe não soltou mais nada naquele dia. Em vez disso, me disse que Mariú tinha duas filhas, Liliana, uma, que as meninas eram da minha idade e que eu dormiria no quarto delas, um quarto com muitos brinquedos. Falou também das roupas que levaríamos. Camisetas para o dia, pois o sol queimava muito, suéteres para a noite, quando chegava a neblina, e galochas, para o caso de chover.

— Esta noite você me ajuda a convencer o seu pai.

— Você quer que a gente vá para a quinta daquela família? — disse meu pai.

— Ai, Jorge, não me diga que você vai implicar por causa disso.

— Por causa da mulher que desapareceu? — falei.

Nem me olharam, e ela continuou a recriminá-lo:

— Você com essa coisa de ficar em casa e não fazer mudanças inventa qualquer desculpa, não é?

Ela explodiu dizendo que em Cáli, com os ipês carregados de flores, era impossível uma pessoa com rinite ficar bem. Eu me virei para a varanda. Os ipês eram uma única mancha rosa. Não entendia como ele não tinha percebido. Agora minha mãe estava dizendo que Mariú e Liliana tinham um parente médico, alergista, e ele recomendava o ar da montanha.

— Que parente? — disse meu pai. — O tio?

— Não sei que parente, Jorge, elas não me disseram. Mas você sabe muito bem que faz anos que não tenho notícias de nenhum membro daquela família.

Sem entender nada, eu olhava de um para o outro. Em seguida para Paulina, sentada em seu lugar, como se quisesse que ela me explicasse.

— Você não vai mesmo deixar a gente ir? Vai me condenar a ficar em Cáli? Você não percebe o quanto eu tenho ficado mal? Preciso mudar, sair, fazer algo diferente, ver outra paisagem.

Ele ficou olhando para ela e por fim consentiu:

— O ar da montanha vai fazer bem para você.

Terceira parte

Passei raspando em matemática, não precisei fazer prova final e passei de ano direto. No encerramento me parabenizaram. Minha mãe e eu fizemos as malas e no dia seguinte saímos no Renault 12, com meu pai ao volante e o porta-malas cheio.

Pegamos a avenida do rio. Fizemos o retorno na segunda ponte. Paramos no posto de gasolina diagonal ao supermercado para encher o tanque e pegamos a estrada para o mar. À medida que subíamos, a distância entre as casas aumentava até haver mais verde que construções e Cáli ficar enterrada no vale.

Eu ia ajoelhada olhando pelo vidro traseiro. Virei-me e me sentei ao lado de Paulina. Em uma curva fechada, ela caiu de lado. Eu a endireitei. Passamos por ciclistas, casinhas, uma igreja, mais casinhas e ciclistas e, do lado esquerdo, começaram as propriedades rurais. A vegetação era baixa e pálida e a terra, laranja. Do lado direito, ao longe, havia umas montanhas pontiagudas e entre elas e nós, um precipício que ia se tornando cada vez mais profundo.

— Estou ficando enjoada.

Minha mãe me disse para abrir a janela. A manivela era dura e tive dificuldade para girá-la, mas acabei conseguindo e um vento cortante entrou.

— Precisa de um saco?

A estrada contornava o desfiladeiro. Não havia proteção, exceto em algumas partes, as mais perigosas, uma barreira de metal que quando muito deteria uma bicicleta.

— Claudia…

— Não.

— Se você tiver vontade de vomitar, avisa.

Não conseguia parar de olhar para o abismo.

— Claudia…

— Tá.

Comparado a ele, a escada do nosso apartamento era uma piada, os dezoito andares de Gloria Inés, uma bobagem, e em cada curva o carro o beijava.

— O que acontece se a gente cair?

— Nós não vamos cair.

Em alguns pontos havia cruzes brancas, com buquês de flores, os nomes das pessoas que tinham despencado e as datas dos acidentes.

— Nós nos mataríamos igual à princesa Grace.

— Não vamos cair, menina.

— O carro ficaria pior que o dela.

— Chega desse assunto.

Acabaram-se as propriedades rurais, a vegetação desbotada, a terra laranja, e desse lado restou um paredão de rocha cinza com rugas e pontas. Chegamos à curva da cerejeira, muito acentuada, a maior de todas, e meu pai precisou controlar o volante bem forte com as duas mãos. O precipício, escuro, era a boca aberta da terra. Paulina caiu de novo e eu a endireitei ao sair da curva.

A inclinação diminuiu, a vegetação virou floresta e no lugar do desfiladeiro surgiram colinas e planícies, com barracas de leite de cabra, restaurantes, fazendas e estradas de terra.

— Como você está? — perguntou minha mãe.

— Bem.

— O enjoo passou?

— Sim.

Em Cáli o dia estava quente, com céu azul de nuvens gorduchas. Na montanha fazia frio, o céu estava branco e, apesar de ser manhã, parecia que faltava pouco para o entardecer. Girei a manivela até que consegui fechar a janela. Passamos pelo restaurante de troncos onde havíamos comido arepas com suco de rapadura quando fomos à La Bocana com minha tia e Gonzalo.

Minha mãe disse que faltava pouco para a saída e foi como se o trajeto tivesse aumentado. Meu pai perguntou algumas vezes se era na próxima. Minha mãe dizia que não. No ponto mais alto, antes de a estrada descer até o mar, ela sinalizou:

— É por ali.

Meu pai deu a seta. Entramos em uma estrada de terra estreita. Casas, restaurantes, uma floresta com árvores pingando musgo, feito brontossauros mastigando algas. Ouviam-se apenas o motor do carro e as pedras que se moviam com a passagem dos pneus. A floresta se abriu em um precipício pior que o da estrada principal, mais escuro e assustador. A floresta voltou dos dois lados, mais um precipício e, depois, as quintas.

As quintas que eu conhecia eram antigas, de estilo colonial, com paredes e corredores de barro, ou casas planas e modestas cheirando à umidade.

Essa, por fora, parecia as quintas sem graça. Uma parede de pedra com uma porta. Percebemos que era impressionante assim que o caseiro a abriu. Um retângulo plantado na beira do penhasco, com janelas imensas e vista para as montanhas e o cânion.

Apesar de ter sido construída havia anos, era moderna, com pisos e móveis estilosos como das casas de Cáli. Ao mesmo tempo era estranha. Os quartos ficavam em cima, no andar da entrada, em volta de uma escada sem corrimão que descia para as áreas sociais, os degraus presos à parede de pedra, feito as teclas pretas de um piano.

Meu pai e o caseiro iam na frente com as malas. Eu carregava Paulina nos braços e minha mochila com mais brinquedos nas costas. Minha mãe, ao meu lado, levava sua bolsa pendurada no ombro e algumas sacolas com as compras do mercado.

— Tem a mesma marca do nosso apartamento, você viu?

— Como assim?

— O dono também fez o nosso prédio. É arquiteto.

— O marido da desaparecida?

Minha mãe me fuzilou com os olhos e em seguida procurou o caseiro. Ele se chamava Porfirio e era um sujeito jovem, de pele clara e cabelo castanho, com olhos separados de pássaro. Discreto, fingiu que não tinha ouvido e entrou com as malas no quarto principal.

Meu pai e Porfírio saíram para percorrer a propriedade. Minha mãe e eu ficamos no quarto principal, ela desfazendo as malas e eu olhando tudo.

Na cama cabiam quatro pessoas ou mais. O banheiro era outro quarto, com três janelas, duas pias, uma banheira, tudo branco, o chão e as paredes, os móveis, os jarros com flores colhidas do jardim. No closet era possível dar uma estrela sem bater em nada. A janela em frente à cama ia do chão ao teto e de uma parede à outra.

Deixei Paulina na cama, onde minha mãe tinha colocado as malas, e fui abrir as cortinas de gaze e as portas de correr. O quarto se transformou em um terraço. Saí. Segurei na grade de aço preta e um vento de alfinetes me espetou o rosto.

A vista era incrível. O cânion, amplo naquele trecho, estava coberto por um tapete verde de floresta, que escurecia à medida que subia pelas montanhas. Nos paredões mais altos e verticais a floresta desaparecia e a rocha ficava nua, com a cor e o formato de uma batata velha. E atrás deles, mais e mais montanhas pontiagudas e azuis ao longe, como um mar agitado.

— Eu poderia ter sido cunhada da Rebeca — disse minha mãe.

— De quem?

— Da desaparecida.

Soltei a grade e me virei.

— Me conta.

— Seu pai odeia que eu fale disso. Além do mais, ele e a sua tia dizem que eu falo coisas de mais para você.

— Por favor — implorei.

Ela ficou me olhando, tentando decidir, e por fim disse:

— Xará, estou avisando: nem uma palavra sobre isso para o seu pai.

Rebeca, ela me disse, era filha de uns irlandeses que chegaram a Cáli depois da Primeira Guerra Mundial. Os O'Brien. Seus filhos foram criados como calenhos. Moravam em San Fernando, torciam para o Deportivo Cali e eram sócios do clube. Os quatro filhos homens se tornaram nadadores. Rebeca, a única mulher, foi eleita rainha do clube, da cidade e do estado.

— Era belíssima. Alta, loira, de olhos azuis, com um corpaço. Uma mulher que se destacava em Cáli, onde somos, ao contrário, bem baixinhas e morenas.

— Você conheceu a Rebeca?

— Claro, era mãe das minhas amigas de colégio. A sua avó, que estudou com ela, dizia que as pessoas paravam o que estavam fazendo para vê-la passar. Era a representante do Valle no Concurso Nacional de Beleza, mas antes de viajar para Cartagena renunciou para se casar com Fernando Ceballos, um arquiteto de Bogotá que estava fazendo fama em Cáli, e a vice-rainha teve que a substituir.

Rebeca e Fernando, continuou minha mãe, tiveram duas filhas, dois carros e duas casas. Não eram amigos íntimos dos meus avós, mas se viam e se cumprimentavam no clube e nas festas. Nos dias de semana, os Ceballos O'Brien moravam em sua casa de Cáli, no bairro do supermercado, uma casa grande na beira do rio. Os fins de semana e as férias eles passavam na propriedade da montanha.

Era sábado e eles subiram cedo. Almoçaram e passaram a tarde com as meninas. À noite eles as deixaram com a babá e foram para a festa de aniversário de uns amigos do clube. A quinta dos amigos ficava na rua de baixo, a menos de dez minutos de carro. O Land Rover de Fernando estava na oficina e foram no carro de Rebeca, um Studebaker verde-escuro.

Meus avós estiveram nessa festa e contaram que tarde da noite, quando as pessoas já tinham bebido, meu avô foi fumar um cigarro com uns amigos no terraço. Fernando e Rebeca estavam lá discutindo. Meu avô e os amigos viram quando ela tomou dele as chaves do carro e foi embora.

— Por que eles estavam brigando?

— Diz que ele era terrível.

— Terrível como?

Minha mãe fez cara de não seja tão ingênua, Claudia, e respondeu com a voz baixa que usava para falar de temas escandalosos.

— Ele gostava das mulheres.

— A briga foi porque ele estava com outra?

— Não seria nada estranho.

Solita de Vélez, a amiga da minha avó, saiu do banheiro na hora em que Rebeca atravessava a porta na direção do estacionamento.

— Para onde você vai?

— Para a minha casa.

— E o Fernando?

— Vai ficar um pouco mais.

— Você está bem?

— Estou ótima.

Rebeca se despediu com um aceno. Usava um vestido branco de manga comprida, com um decote profundo nas costas, e o cabelo preso num coque. Lá fora a neblina era tão densa, disse Solita, que mal dava para ver o fogo das tochas.

— Dirija com cuidado.

Rebeca seguiu na direção do Studebaker e Solita a observou até que ela entrou, deu a partida e a neblina engoliu primeiro o carro e logo o barulho do motor.

— Foi a última pessoa que a viu.

— Ela desapareceu lá?

Minha mãe fez que sim com a cabeça.

— Fernando e os irmãos procuraram por toda a montanha, com ajuda de socorristas, voluntários e cães treinados. Nunca encontraram sinais de um acidente.

— Então ela não sofreu um acidente.

— Ligavam para o Fernando para dizer que tinham visto a Rebeca no aeroporto, em um hotel, em outra cidade, outro país...

— Quem ligava?

— Anônimos, diziam que ela estava com um homem.

— Sumiu com outro?

— As pessoas falam muito, Claudia. De repente viam um mulherão loiro de olhos azuis e pensavam que era ela. Ou queriam dinheiro. A família ofereceu uma recompensa para quem ajudasse a encontrá-la.

— E nada?

— Nada. Uma vidente disse a Michael, o irmão mais velho, que a Rebeca estava viva, mas impossibilitada de voltar por conta própria, em um lugar distante, rodeado de água. Patrick, o mais novo, deduziu que era a Irlanda, a ilha de onde seus pais vieram, e foi procurá-la.

— E não encontrou.

— Não.

Minha mãe conheceu Patrick muito tempo depois, quando ele voltou da Irlanda e não se falava mais do desaparecimento de Rebeca em Cáli, nem ligavam para dar pistas falsas a Fernando Ceballos. Ainda se dizia que ele era mulherengo, mas ninguém conhecia nenhuma namorada oficial e ele não se casou novamente.

Patrick tinha trinta e quatro anos. Estava separado de sua esposa irlandesa, de acordo com Mariú e Liliana, suas sobrinhas, porque ela queria se assentar e ter filhos, enquanto ele só se interessava por navegar. Era dono de um veleiro e tinha dado a volta na Irlanda. Agora planejava percorrer o Caribe, saindo de Cartagena, e para se manter em forma nadava no clube.

Era época de férias. Minha mãe tinha dezesseis anos e passava o dia tomando sol com Mariú e Liliana. Os garotos da idade delas brincavam de pique-pega, davam salto bomba na piscina e faziam bagunça, enquanto Patrick deslizava pela água sem nenhum esforço. Quando terminava, ia até a beira da piscina, cumprimentava-as, puxava conversa e as fazia rir.

— Ele tinha os cabelos acobreados, a pele bronzeada, os olhos azuis, como duas pepitas de pedras preciosas no deserto. Eu achava que ele vinha por causa das sobrinhas.

— E não era?

— Um dia elas não estavam e ele veio mesmo assim. Você não percebe, não é?, ele me disse. E eu: o quê? Que é por sua causa. Que é por minha causa o quê?, me fazendo de desentendida, porque eu morria de medo de que não fosse verdade.

A partir daquele dia eles continuaram se encontrando na parte de trás do clube. Eu conhecia esse lugar. Um terreno amplo e desperdiçado, com árvores grandes, para onde ninguém nunca vai. Mariú e Liliana eram suas cúmplices, e às vezes Gloria Inés, que já estava casada e tinha acabado de ter seu primeiro filho.

— Você, sim, é sortuda, minha filha — ela dizia para a minha mãe enquanto dava de mamar ou fazia o bebê soltar os gases.

Patrick contava para a minha mãe suas aventuras de navegante. O frio do norte, um frio de verdade, não o fresquinho que fazia nas montanhas de Cáli. As tempestades. O mar enfurecido. Os dias de pouca comida. Os trabalhos que ele tinha que fazer nos portos para sobreviver. Também falava de coisas boas. O mar em calmaria. O mar imenso. A liberdade.

Ela estava louca para que a convidasse para viajar com ele, mas ele disse ter certeza de que uma moça decente não fora feita para aquela vida.

— Já se vê que você não me conhece.

— Você gostaria? — Ele se espantou.

— Mas é claro.

Começaram a fazer planos para irem juntos. Percorreriam o Caribe, o Atlântico, o Mediterrâneo, todos os mares. Visitariam os portos mais importantes e outros de que ninguém tinha ouvido falar em Cáli. Morariam uma temporada nos fiordes da Noruega, numa vila de pescadores na Costa do Marfim, numa ilha do sul do Pacífico... Uma tarde, muito sério, ele perguntou se ela queria ter filhos.

Minha mãe parou de falar.

— E o que você disse para ele? — perguntei.

Ela, com vergonha, desviou o olhar.

— Que não.

Agora eu era a criança molhada do clube a quem abriram o peito para arrancar o coração.

— Eu tinha dezesseis anos. Não estava pensando nessas coisas. Era uma menina.

— E então?

Então Patrick foi falar com meu avô e se trancaram no escritório. Minha mãe, ansiosa, queria ficar na sala para ver a cara deles quando saíssem. Minha avó disse que uma moça decente não se comportava assim, que devia ter dignidade e se dar valor, e minha mãe teve que ir para o quarto dela esperar. Esperou, esperou e, depois de uma eternidade, minha avó entrou.

— Claudia, sinto muito.

Minha mãe achou que não tinha ouvido direito, mas minha avó continuou:

— O seu pai disse que não.

Minha mãe ficou muda. Minha avó se sentou na cama.

— O que você esperava? Ele é um homem separado.

— Eu sei, mas...

— Ele se casou na Igreja. Não pode se divorciar.

— Nós podemos nos casar no civil.

— Como você se atreve? Além do mais, ele não tem profissão, não tem trabalho, dinheiro, planos sérios na vida...

— Tem um veleiro e vamos navegar pelo Caribe.

Minha avó fazia que não com a cabeça.

— E depois pelo mundo — acrescentou minha mãe.

— Vão viver de quê? Me diz.

— Nos portos sempre há trabalho.

Minha avó cruzou os braços.

— Fazendo o quê?

— Na Irlanda ele trabalhava limpando motores de barcos.

— Você quer se casar com um mecânico?

— Também em tabernas e pousadas.

— Ah, com um garçom.

— Patrick é um explorador.

— Pelo amor de Deus! Que tipo de vida ele daria para você?!

— A vida que eu quero.

— Passar aperto? Passar fome? É isso que você quer?

— Não ter rotinas nem obrigações, viajar, viver com liberdade.

— Ai, menina, você não sabe o que está falando.

— Tenho dezesseis anos, não sou mais criança.

— E ele, trinta e quatro. É muito mais velho que você.

— Eu gosto dos mais velhos.

Minha avó se levantou. Alta e magra, eu a vi, uma cobra ereta.

— Sei que algum dia vai entender que ele não é bom para você — disse antes de sair.

De novo, minha mãe parou de falar.

— Nessa idade — me explicou — a gente acha que já é adulto, mas na verdade não é.

— E o que aconteceu?

No dia seguinte ela se encontrou com Patrick na parte de trás do clube e disse que estava disposta a fugir. Ele olhou para baixo.

— O que foi?

— O seu pai tem razão: essa vida não é para você.

Ele fez um carinho no rosto dela e lhe deu um beijo rápido. Em seguida deu meia-volta e começou a se afastar, e ela ficou lá, naquele terreno baldio de árvores que faziam sombra e não deixavam a grama crescer, olhando para ele pela última vez.

Gloria Inés, com o bebê apoiado no ombro, aproximou-se da minha mãe. Colocou o braço em volta das costas dela e lhe ofereceu o outro ombro para chorar.

Patrick foi navegar pelo Caribe e minha mãe passou o resto do ano chorando e sentindo raiva dos meus avós e mais tarde de Patrick por ter obedecido a eles e não ter fugido com ela.

— Tive uma rinite terrível. Não dormia, não comia, não ia ao colégio. Por pouco não perdi o penúltimo ano do ensino médio e fiquei em prova final em três matérias.

No último ano ela ficou sabendo que Patrick tinha se casado em Porto Rico com a filha de uma ilhoa com um gringo, donos de um hotel cinco estrelas na praia. Odiou-o. Odiou a nova esposa. Odiou as pessoas que encontravam o amor e se casavam e quis se transformar em uma mulher que não precisava de ninguém, em uma advogada implacável, mas meu avô não a deixou ir para a universidade.

Agora fui eu que a interrompi:

— Então quando você disse para ele que queria estudar estava zangada.

— Furiosa.

Meu avô de regata, grande, peludo, barrigudo, e ela desafiadora em vez de tímida.

— Quero estudar na universidade.

Meu avô surpreso pelo atrevimento.

— Direito.

— Universidade de Direito é uma ova. O que as moças decentes fazem é se casar.

Minha mãe não pequenininha mas rancorosa, encarando-o em vez de recuar, com o ódio inflando os pulmões.

E ele morreu e as deixou falidas. Minha mãe se formou no colégio, mudou de bairro e de vida e não voltou ao clube nem a ver as irmãs Ceballos O'Brien. Gloria Inés, que continuava indo ao clube, soube que estavam noivas de dois irmãos de Bogotá, arquitetos como o pai delas.

— Elas se casam este ano — contou para a minha mãe.

— Espero que não me convidem.

Gloria Inés, com as mãos na barriga, pois esperava o segundo filho, arregalou os olhos.

— São suas amigas de colégio.

— Eram. E eu não quero saber mais delas nem de ninguém daquela família. Ouviu?

— E o que a Gloria-Inés disse?

— Nada. Não me falou mais delas, nem me convidaram para o casamento.

— Será que ela falou para não convidarem você?

— Quem sabe...

— E você foi ser voluntária no hospital e conheceu o meu pai.

— Aham.

Minha mãe pegou uma pilha de roupas e foi para o closet. Paulina, sentada na cama de frente para a janela, parecia olhar a vista. O céu pálido e as nuvens, abaixo da montanha, corriam tão rápido que dava a impressão de que era a casa que se movia. Minha mãe saiu do closet.

— Minha avó estava certa?

— Sobre o quê?

— Que algum dia você ia entender que o Patrick não era bom para você.

Ela parou, confusa. Foi apenas um instante, mas pareceu tanto tempo quanto os anos que tinham passado desde que a minha avó fizera a advertência.

— Há coisas em que é melhor não pensar — disse.

Continuou andando, foi até a cama e tirou outra pilha de roupas das malas.

— E o que você acha que aconteceu com a Rebeca?

— Acho que ela queria desaparecer.

De uma hora para a outra as nuvens se dissiparam. O sol saiu, o céu ficou azul e tudo ganhou vida, como quando colorem uma foto antiga. As silhuetas das montanhas ao longe, o verde da floresta, as flores do jardim, as árvores, a grama perfeita, como se fosse de plástico...

Anita, a caseira, nos serviu o almoço na pérgola. Ficava ao lado da casa e era feita de ferro forjado. Por uma de suas colunas subia uma grande buganvília, de tronco grosso, carregada de flores púrpuras, que abria seus galhos no alto e servia de teto. O almoço era feijão com arroz, torresmo, *patacones* e abacate.

Anita, branca como seu marido, tinha cabelos pretos cacheados e um sorriso tímido para tudo.

— Obrigada, Anita.

Sorriso tímido.

— Muito gostoso o feijão.

Sorriso tímido.

Anita saiu e meu pai pôs a mão sobre a da minha mãe.

— Está feliz?

O sol era filtrado pelos galhos da buganvília. Duas borboletas vermelhas e um beija-flor minúsculo voavam em volta das flores. O riacho que corria pela propriedade, com a água descendo por entre as pedras, soava leve como sininhos.

— Muito — disse ela, com um olhar que queria abarcar a natureza e as construções. — Este lugar não é espetacular?

— Sim — disse ele.

Paulina, sentada conosco à mesa, de costas para o precipício, com sua carinha plácida e os cílios ondulados, parecia tão satisfeita quanto eu.

No fim da tarde Porfirio foi até a casa e fechou as janelas.

— Pro frio não entrar.

Bastou dizer isso para que ele entrasse. Um frio úmido que fazia com que a roupa e tudo mais, até o ar que respirávamos, ficasse pesado. Estávamos na sala grande. Meu pai lia o jornal. Minha mãe, uma revista. Eu, em frente à mesa de centro, sentada no chão sobre um tapete acolchoado de franjas longas, montava um quebra-cabeça de duas mil peças que encontrei no escritório. Uma paisagem europeia com lagoa, moinho e cavalos.

— Acendo a lareira? — disse Porfirio.

— Por favor — pediu minha mãe.

Meu pai foi com Porfirio até a sala de trás e eles colocaram as mãos na massa. Minha mãe disse que era hora de vestirmos os suéteres. Largou a revista, se levantou e subiu a escada. Eu pretendia ir atrás dela, mas ao me levantar e olhar para cima fiquei hipnotizada. Agora, sim, faltava pouco para o pôr do sol.

O céu estava encoberto e a neblina densa flutuava nos cumes das montanhas. Era uma mancha branca em forma de ameba. Eu a vi se espalhar, chegar à casa e cercá-la, como se não quisesse ficar do lado de fora e procurasse as frestas nas portas ou qualquer outro buraco para se infiltrar.

Lá fora tudo ficou branco e dentro se fez penumbra.

— Você não foi buscar o suéter? — disse minha mãe quando voltou vestida com o seu.

A casa, espremida pela neblina, era outra. Estreita e achatada, uma casa de mentira como as da televisão.

— Vai logo, então — insistiu.

Subi e vesti o suéter. O quarto das meninas era grande. Tinha três camas, cada uma encostada em uma parede diferente, formando um U. Dois baús, entre as camas, faziam as vezes de mesa de cabeceira. Havia prateleiras com bonecas, brinquedos e a enciclopédia *O mundo da criança*. Peguei o volume "Lugares maravilhosos" e me sentei na cama.

Vi uma estátua, maior que qualquer edifício, de um homem nu com o pirulito ao vento. Vi pirâmides, jardins suspensos, uma choupana flutuando em um rio, cataratas, gêiseres, vulcões, montanhas cobertas de neve, arranha-céus, palácios e templos. Minha mãe me chamou para comer e desci com Paulina.

Era noite. As luzes da casa estavam acesas. Porfirio tinha ido embora e a lareira queimava na sala de trás. O fogo e as lâmpadas se refletiam nos janelões. O resto era preto e parecia que no mundo só existia aquela casa, um planeta solitário no espaço.

Meu pai estava na sala de jantar, de costas para a janela maior. Sentei Paulina na cabeceira e fiquei ao lado dele. Minha mãe, na cozinha, que era aberta, preparava a comida. Seu cabelo chegava até o meio das costas. Estava liso e brilhante, ela o devia ter escovado quando subiu para vestir o suéter, e dava vontade de passar a mão. Abriu a tampa da sanduicheira, tirou uns sanduíches fumegantes, levou-os para a mesa e se sentou em frente ao meu pai. Ele serviu o refresco de laranja.

— Quantos anos Mariú e Liliana tinham quando a mãe delas desapareceu?

Meu pai olhou para a minha mãe.

— Vocês andaram falando sobre isso?

— Larga o suco, Claudia — disse minha mãe. — Primeiro coma o sanduíche.

— Não é assunto para se falar com uma criança.

— Faço o quê? Escondo? Minto para ela?

— Quantos anos elas tinham? — insisti.

Ele fez que não com a cabeça. Ela pensou.

— Acho que Mariú e eu estávamos no terceiro ano. Liliana era um ano mais nova.

— Ou seja, oito?

— Por aí. Tínhamos a sua idade e Rebeca, a minha.

— Então a Paulina está certa: ela não queria desaparecer.

— Paulina disse isso para você?

Mastigando, fiz que sim.

— Agora ela fala?

— Sim, e me disse que uma mãe nunca abandonaria suas filhas, ainda mais sendo tão pequenas.

Meus pais se entreolharam. Depois olharam para Paulina, na cabeceira da mesa, perfeita com seu vestido verde e os cabelos da minha mãe.

— Desde quando ela fala? — perguntou minha mãe.

— Desde que chegamos aqui.

Na manhã seguinte, quando acordei, meu pai já tinha ido para o supermercado. Como precisava pegar a estrada, saía mais cedo do que costumava sair em Cáli, e eu, como estava de férias, dormia até mais tarde. Tomei café com minha mãe e depois abrimos os janelões. O céu estava limpo, como se tivesse sido polido. Logo o sol subiu acima das montanhas e o frio cedeu. Nós colocamos os maiôs e fomos para a cascata, que ficava no terraço, em uma das laterais da casa.

O terraço era amplo, com piso de pedra e gradil de aço preto no precipício. Tinha a mesma vista do quarto principal. O céu, o cânion, a floresta, as montanhas. Só que era aberto, sem paredes nem teto, e por isso mais imponente. As pessoas no meio daquela paisagem, nós não éramos nada, bonequinhos de papelão, uns pontinhos na imensidão.

A cascata era toda de pedra. Porfirio abriu a comporta do riacho e a água, potente, escorreu. Ele saiu e minha mãe e eu nos deitamos em espreguiçadeiras. Ela com uma revista *¡Hola!* e um chapéu de palha para se proteger do sol.

Ficamos em silêncio por um tempo, torrando ao sol. Então ela falou alguma coisa que eu não escutei, por causa do barulho da cascata.

— O quê?

— Ela era chegada numa bebida.

Na capa da revista havia um casal de noivos, Paquirri e Isabel Pantoja. Ele, com covinhas, os olhos verdes e terno curto, e ela, com cabelo azeviche, um véu branco com várias camadas e uma tiara de brilhantes.

— Quem?

— Rebeca. Ela sempre estava com uma bebida na mão no clube. As meninas na piscina e ela com um vinho branco.

— Ela tinha bebido naquela noite?

— Na noite em que desapareceu? Mas é claro, Claudia, não seja tão ingênua. E com certeza algo mais forte. As senhoras do jogo de lulo diziam que à noite ela bebia uísque.

Senti que estava pegando fogo. O calor das montanhas não se parecia em nada com o calor de Cáli nas terras baixas. Ardia feito pimenta. Eu me levantei e, sem pensar, sem experimentar antes a água, entrei. Achei que a minha cabeça ia explodir e que meus ossos iam virar gelatina. Ficar embaixo da cascata era como gritar em uma terra solitária, em um deserto frio, em um páramo.

Meu pai não subiu para almoçar. Ficava muito puxado descer e subir duas vezes no mesmo dia, então, durante a semana e nos sábados, enquanto estávamos na quinta, ele almoçava na casa da minha tia Amelia.

Anita serviu a mim e à minha mãe na sala de jantar. Sorriso tímido. Quando terminamos, pegamos os pratos e tentamos levá-los para a cozinha, mas ela não deixou.

Minha mãe sugeriu que fôssemos caminhar. Em Cáli ela nunca saía com meu pai e comigo, então eu a olhei com surpresa.

— Por que o espanto? — perguntou.

Colocamos calças jeans, camisetas e galochas e amarramos suéteres na cintura, para o caso de o tempo ficar nublado e esfriar. Subimos pelo caminho de paralelepípedos, abrimos o portão de ferro preto e saímos para a estrada de terra.

Fomos caminhando devagar, olhando as casas, que eram velhas e novas, de tijolos ou madeira, com janelas grandes e janelas pequenas, telhados inclinados ou planos. Havia de tudo e elas tinham jardins cheios de flores e árvores frutíferas, cercas de pinheiros e cachorros que, de dentro, latiam ou abanavam o rabo para nós.

Cruzamos com outra dupla de caminhantes, alguns velhos com chapéus e cajados, um camponês carregando uma grande trouxa nos ombros e uma cavalgada de festeiros que levavam um som enorme, tocando música em inglês, e compartilhavam uma garrafa de aguardente.

Vimos um bando de periquitos verdes com manchas azuis ao redor dos olhos, uma vaca solitária que pastava em um campo sem árvores e duas ravinas com grandes rochas e águas barulhentas como um grupo de pessoas raivosas.

Chegamos a um trecho de floresta onde o mundo escurecia. Havia árvores carregadas de musgo, plantas de folhas grandes, troncos caídos apodrecendo no chão e um poste de luz tomado por uma penugem laranja-ferrugem. A seguir vinha uma curva e, ao fim da curva, o precipício. Fomos até ele. Devagar, inseguras. Algumas árvores magras se agarravam à parede rochosa da montanha e logo depois o terreno despencava como se tivesse sido cortado por um machado.

Eu me senti pequenininha, a bebê que olhava a escada do nosso apartamento por trás da grade de proteção, só que sem a grade. Eu, só com meu corpo, diante de um despenhadeiro de verdade. Naquele ponto o cânion era estreito e, abaixo, o rio, que percorria as ravinas e os riachos da montanha, estava tomado pela vegetação, uma selva não domesticada.

Pensei nas mulheres mortas. Debruçar-se em um precipício era olhar em seus olhos. Nos olhos de Gloria

Inés, tão altiva quanto uma égua e depois arrebentada na calçada. Olhei para a minha mãe, que estava inclinada como eu na direção do abismo.

— Melhor voltarmos — disse ela.

Na quinta, a casa e o terraço, com as janelas e o gradil, serviam de proteção. Havia uma única área que dava direto para o abismo, do lado de fora, sem qualquer barreira além de uma cerca de madeira. Ficava junto à alameda de eucaliptos que marcava os limites da propriedade, perto dos estábulos. Na volta, minha mãe seguiu direto para a casa. Eu fiquei encarando a área desprotegida.

A cerca era baixinha, mal chegava à altura do meu peito, e não parecia muito forte. Algumas varas de madeira. O vazio, a dois passos, não tinha árvores que o cobrissem. Caminhei naquela direção, a princípio com cautela e depois com determinação. Queria enfrentar de novo o abismo, sentir a coisa gostosa na barriga e o medo, a vontade de pular e de recuar. Porfirio, que estava varrendo as folhas caídas, soltou o ancinho e correu na minha direção.

— É melhor você não ir lá — disse ofegante. — Essa cerca não é segura. Vira e mexe as madeiras apodrecem e têm que ser substituídas.

Parei. Olhei para ele.

— Não queremos que você caia do penhasco, né?

Vi o meu corpo caindo rumo ao nada verde que havia lá embaixo.

— Não.

— Se quiser ir aos estábulos, eu te levo.

Com certeza ele achava que eu queria ver os cavalos, que era isso o que me atraía.

— Me diz e nós vamos por fora, pela estrada, não por este lado.

Assenti, hipnotizada pela visão da minha queda.

À tarde, Porfirio desceu até a casa para fechar as janelas e acender a lareira. A neblina, como antes, a engolia por fora, mas dessa vez não era densa, mas leve, como um véu.

A casa ficou em silêncio. Era como estar em um aquário. Não estranharia se um olho gigante surgisse para nos observar.

Porfirio foi embora, minha mãe e eu vestimos os suéteres e ela se recostou no sofá com a *¡Hola!* de Paquirri e Isabel Pantoja. Fiquei trabalhando no quebra-cabeça e quando olhei para cima já estava de noite.

— Que horas o meu pai chega?

Minha mãe olhou o relógio.

— São quarenta minutos de Cáli para cá, mas a esta hora e com a neblina...

Nas janelas refletiam-se os brilhos do interior, a lareira e as lâmpadas. O resto era breu. Meu pai estava lá fora, naquela escuridão, dirigindo em meio à neblina por uma estrada estreita cheia de curvas perigosas.

— E se ele sofrer um acidente?

— Ele não vai sofrer um acidente.

— E se ele desaparecer como a Rebeca?

— Ele não vai desaparecer, menina.

Ela se levantou para preparar a comida. Eu também me levantei e sentei Paulina à mesa.

— Semana que vem tem um treinamento e ele vai sair ainda mais tarde. Você precisa se acalmar.

Comemos pizzas de pão árabe e fomos para a sala da lareira. Minha mãe pegou uma garrafa de uísque do bar e se serviu uma dose. Ela não era de beber sozinha e muito menos uísque.

— Está olhando o quê? — me disse depois de tomar um gole.

Meu pai chegou quando eu estava indo me deitar. Entrou no meu quarto, disse que minha tia Amelia havia me mandado um beijo e me deu dois.

— Tinha neblina na estrada?

— Muita.

— Você bebeu vinho com a minha tia?

— Não.

— Tem que dirigir com cuidado.

— Eu sei.

Não o vi na manhã seguinte. Era um dia frio e opaco. Todo coberto de nuvens. O céu, o cânion, as encostas das montanhas. Os picos pareciam ilhas em uma lagoa branca.

Minha mãe e eu não conseguimos tirar os suéteres nem ir à cascata. Ficamos entediadas durante a manhã, almoçamos e continuamos sem fazer nada à tarde, até que Porfirio perguntou se queríamos ir ver os cavalos dos vizinhos. Animada, olhei para a minha mãe.

— Está bem — disse ela.

Os donos da propriedade não estavam. O caseiro era um amigo de Porfirio. Um sujeito magro, com um cigarro murcho na boca e o pomo-de-adão grande como um outro nariz.

— Vão montar? — perguntou.

Eu disse que sim e minha mãe que não.

— Por favooor.

— Não tem problema? — perguntou ela ao caseiro.

— Não, senhora.

O caseiro selou três cavalos. Dois pardos para eles e uma égua palomina para mim. Cavalgamos pela estrada de terra, vendo o mundo do alto, eu me sentindo poderosa, uma princesa de um reino antigo. Voltamos para a quinta cheirando a cavalo e sujas de barro, direto para o chuveiro. Vesti logo o pijama e desci com Paulina.

Porfirio estava ocupado com a lareira. Contei a ele sobre a cavalgada. Que a minha égua tinha a crina e os cílios longos, que espirrou e sujou a minha calça com uma baba verde nojenta, que uns dobermanns saíram latindo de uma quinta de telhado azul, furiosos, como os do *Magnum*.

— Ainda bem que os cavalos não se assustaram nem deram coices neles.

— Eles são mansinhos — disse ele. — Só ficam nervosos com o *viruñas*.

— O que é isso?

O *viruñas*, me disse, era um demônio que vivia nas fazendas, dentro das casas, mas não deste lado, e sim atrás das paredes. Dormia de dia e acordava à noite. Os barulhos estranhos que não se sabia de onde vinham, que soavam como passos de pássaros no forro, rangidos na madeira ou ar nos canos, eram ele arranhando as entranhas da casa.

— Por que ele arranha as coisas?

— Para sair.

— E ele sai?

— Sai — garantiu. — Ele se alimenta de neblina.

Eu o imaginei escorregadio e careca. Um demônio de olhos saltados e unhas retorcidas, que se espremia para passar pelas rachaduras e pegava pedaços de neblina para enfiá-los na boca como se fossem algodão-doce.

— É ele quem trança os rabos dos cavalos e arranha quem está dormindo. Você nunca acordou com arranhões que não tinha antes de se deitar?

Não soube o que dizer.

— É por isso que eu sempre durmo com um olho aberto — disse ele.

— Porfirio, não assuste a menina com essas histórias! — repreendeu-o minha mãe, que estava descendo a escada.

— Desculpe, minha senhora.

Mas já era tarde. Porfirio se despediu e me sentei em frente ao quebra-cabeça. Eu tinha organizado as peças por cores e montado uns pedacinhos do céu e da lagoa. Do moinho, nada. Fiquei pensando que ali podia viver um *viruñas* que arranhava a madeira e fazia os cavalos relincharem, e achei melhor ir para a cozinha.

— Mamãe, o *viruñas* existe?

— Claro que não.

— Que horas o meu pai chega?

— Daqui a pouco.

Uma manhã não encontrei a minha mãe na cozinha tomando seu café, como era de costume. Subi. As cortinas estavam abertas e o quarto, iluminado, e ela estava na cama, de barriga para cima, quieta, como se boiasse na água.

— Você já acordou — disse ela.

Ela se levantou. Colocou o roupão branco e desceu para preparar o meu café da manhã. Esperou que eu terminasse de comer, levou o prato para a cozinha e seguiu para a escada.

— Não quer ir à cascata?

Nós íamos sempre que o tempo permitia e estávamos mais bronzeadas que a Sophia Loren.

— Não.

— Olha esse sol.

Estava alto e derramado, como lava sobre as montanhas.

— Hoje não estou com vontade.

Minha mãe voltou a ficar do mesmo jeito que estava em Cáli. O dia todo na cama, com ou sem revista, olhando para o teto ou as paredes.

À noite preparava a minha comida e se servia um uísque. Eu tentava esperar pelo meu pai acordada, porque só me sentia tranquila quando ouvia o carro descer o caminho de paralelepípedos, mas ela era rígida, às oito em ponto me mandava para a cama e quase sempre o sono me vencia antes que ele chegasse.

O dias ficaram mais longos e passei a explorar a quinta.

Andava pelo jardim sempre em perfeita ordem. A grama rente ao chão, a cerca de pinheiros podados, as plantas com flores, as folhas em montes que Porfirio juntava com o ancinho.

Eu subia o caminho de paralelepípedos e explodia entre os dedos as bagas de flores-do-beijo plantadas dos dois lados. Tocava as dormideiras para que fechassem suas folhas. Catava pétalas, folhas, gravetos e pedras e fazia composições na grama. Subia na árvore mais bonita, um carbonero de longas barbas brancas que tinha os galhos baixos e uma casca áspera que se soltava com facilidade.

Observava as formigas que andavam pelo tronco e os pássaros que pousavam nos galhos. Procurava ninhos. Perseguia os gafanhotos e as borboletas. Caçava os sapos que viviam nas plantas, debaixo das folhas, ficava um tempinho com eles e os libertava.

Caminhava pelo riacho com as minhas galochas, corrente acima e corrente abaixo, tentando evitar sem sucesso que elas se enchessem de água. Não queria ter que calçar os meus Adidas felpudos de listras amarelas, pois não gostava de sujá-los. Arrancava os líquens brancos das pedras para ver os insetos minúsculos que viviam debaixo. Molhava o cabelo e a cara e fazia uma concha com as mãos e bebia.

Pegava a terra laranja das margens. Preparava bolos e os decorava com gravetos, pedras e folhas. Pegava terra preta dos jardins e os cobria como se fosse chocolate. Servia os bolos para Paulina, fingíamos que estavam deliciosos e que os devorávamos.

Escorregava pelos morros com um papelão, tomando cuidado para não me aproximar da área desprotegida, com a cerca frágil, sobre a qual Porfirio havia me alertado. Apenas olhava para ela de longe.

Em um dos baús do quarto das meninas, entre mil bugigangas, encontrei um conjunto de louças de peltre iguais às de verdade, só que pequenininhas. Enfiei tudo na minha mochila, peguei Paulina e fui fazer uma excursão.

Cheguei à cerca de pinheiros, no limite superior da propriedade, junto à estrada. Alguns dias antes eu havia descoberto um arco natural que parecia uma casa de gnomos. O chão era de terra. A parede dos fundos era feita do tronco e dos galhos do pinheiro. As paredes laterais e o teto eram verdes, espessos e ásperos.

Abaixei a cabeça para entrar, me sentei e respirei fundo para que o cheiro me preenchesse. Era fresco, como uma limonada gelada com menta. Coloquei Paulina sentada. Tirei a mochila das costas, peguei a louça e a organizei.

Estava servindo o chá invisível quando senti algo em cima de mim. Uma tira alongada, e pensei que era um galho crescido. Ia afastá-lo com a mão, mas quando ergui os olhos e o vi de frente me dei conta de que era uma cobra. Seu corpo estava enfiado entre a trama do pinheiro e a cabeça pendia para baixo. Com sua língua em V ela sentia o ar, certamente detectando a minha presença.

Cheguei correndo à casa dos caseiros, que era igual à casa grande, um retângulo de pedra com uma porta, mas em miniatura. A porta estava aberta.

— Uma cobra!

Tudo, a cozinha, a cama de casal, a mesa de refeições, estava apertado em um mesmo espaço. Um ambiente sem divisões, janelas ou vista, do tamanho do closet do quarto principal da casa grande. Não tinha enfeites nem quadros. As paredes de pedra, uma porta que certamente dava para o banheiro e umas panelas brilhantes, penduradas ao lado do fogão. Anita estava varrendo e Porfirio tomava sopa.

— Onde? — disse ele soltando a colher.

— No arco — apontei. — Estava em cima de mim!

Porfirio se levantou, calçou suas galochas e se armou com um facão. Anita largou a vassoura e saiu conosco.

A cobra ainda estava onde a deixei. Porfirio enfiou o facão. Com calma, ele a forçou a subir na lâmina, o mais longe possível da sua mão, e puxou o facão. Anita e eu observávamos de longe. A cobra, em cima do facão, parecia de borracha, um brinquedo para fazer pegadinhas.

Não sei por que pensei que Porfirio a jogaria fora da propriedade, por cima da cerca. Em vez disso, ele a colocou no chão e, antes que ela pudesse fugir, com um golpezinho que pareceu inofensivo, cortou a cabeça dela. O facão afundou na terra e o corpo sem cabeça se contorceu.

— Ela não morreu.

— Está morta — disse Porfirio.

— Mas está se mexendo.

A cabeça estava ao lado e o corpo ainda se enroscava.

— Espere e verá.

Olhei para Anita, que pela primeira vez estava sem o sorriso tímido. Ela assentiu.

No fim a cobra ficou imóvel. Atrás dela, no arco, estavam as xicrinhas, os pratos, o bule virado e Paulina, caída de lado, com os olhos abertos, como se estivesse olhando para a cobra. Ela era um pouco mais comprida que o meu braço, magrinha, com anéis de cores vivas em preto, laranja e branco, uma beleza com a cabeça amputada.

— Uma cobra-coral muito venenosa — disse Porfirio. — Você escapou de ser mordida.

Porfirio se livrou do cadáver jogando-o no precipício. Anita e eu vimos a cobra dar voltas no ar e se perder no abismo. Ele estava ao pé da cerca. Nós, atrás, com Anita me protegendo. Era o mais perto que eu havia chegado daquele lugar e, apertando Paulina contra meu corpo, senti o enjoo e a coisa gostosa na barriga.

Agitada, cheguei ao quarto principal.

— Uma cobra-coral quase me mordeu.

Minha mãe estava na cama com uma revista.

— Como é que é?

Meu peito inflava e desinflava.

— Uma cobra muito venenosa quase me mordeu.

— Ah — disse ela, voltando à revista.

— Porfirio cortou a cabeça dela com um facão.

Fiquei ao lado da cama, esperando que ela perguntasse como eu tinha me salvado, se tinha certeza de que estava bem, que se assustasse e me examinasse. Nós duas estávamos descascando e tínhamos manchas redondas mais claras com bordas descamadas no rosto e nos braços.

Nada, continuou lendo.

No escritório, que ficava no andar de baixo, entre a sala grande e a sala da lareira, havia uma estante que tomava toda a parede, com romances, enciclopédias e livros de arte, design e arquitetura.

Certa tarde, enquanto caía um pé-d'água com gotas enormes feito pedras, eu fiquei folheando os livros que tinham fotos e ilustrações. Vi casas de campo, de praia e urbanas, móveis de plástico e cores vibrantes, plantas de edifícios, fotos aéreas, pinturas, desenhos, nus. A chuva, sem vento ou trovões, parecia uniforme e a janela ficou embaçada. Senti frio e fui pegar meu suéter.

Minha mãe, aninhada na coberta, dormia.

Voltei ao escritório. Escalei a estante para pegar um livro vermelho da prateleira superior. Quando o puxei, um envelope de fotos caiu e elas se esparramaram pelo chão. Deixei o livro e me sentei para olhá-las. Eram coloridas, recentes, supus que da Semana Santa, quando meus pais e eu nos entediávamos no apartamento.

Aparecia a família inteira. Um senhor de cabelos brancos que devia ser Fernando Ceballos, suas filhas Mariú e Liliana, os maridos delas, as meninas. A maioria era das meninas. Na cascata, tomando sol nas espreguiçadeiras, em um piquenique de tortas de terra, em cima do carbonero das barbas, nos cavalos dos vizinhos, com a louça de peltre e suas bonecas, enfim, fazendo as mesmas coisas que eu.

Havia uma em que elas estavam no meio do campo, em frente a uma venda rústica de paredes de troncos e pôsteres de refrigerantes. As três usavam jeans justos, maria-chiquinha, os cabelos quase brancos de tão loiros, e seguravam um sacolé roxo. Outra foto, tirada mais de perto, mostrava que tinham olhos claros e os lábios vermelhos, certamente por causa dos sacolés, que estavam gelados.

Eram tão lindas.

Minha mãe podia ter sido tia delas. Uma tia aventureira, uma mulher sem filhos, apaixonada pelo marido e satisfeita com a vida, que adorava suas sobrinhas e lhes trazia presentes das suas viagens pelo mundo. O tipo de mulher que aquelas meninas, que todas as meninas queriam ser quando crescessem. Bastaria dizer que a tia Claudia as visitaria para que elas não conseguissem dormir até que a vissem chegar.

— Tiatiatiatiatia.

O entusiasmo não era tanto pelos presentes, mas sim porque a amavam mais que ao tio Patrick, embora ele fosse o parente de sangue. A tia Claudia, de olhos e cabelos escuros, tão diferente delas, mas também muito bonita à sua maneira.

— Minhas meninas.

E se abaixaria para abraçá-las.

Não percebi em que momento parou de chover porque a janela continuava embaçada. Eu me levantei, fui até ela e passei o dedo pelo vidro fazendo uma faixa larga. Coloquei a mão e esfreguei com força de um lado para o outro, do chão até o mais alto que podia, na ponta dos pés e esticando o braço, até tudo, exceto a parte superior que estava fora do meu alcance, ficar transparente.

Por fora, o vidro estava inundado de gotinhas e o mundo parecia distorcido, como quando eu colocava os óculos do meu pai. Uma maçaroca de cores sem forma e, ao longe, uma claridade: o sol abrindo caminho.

Eu tinha que ir à venda das toras de madeira e pôsteres de refrigerante, com meu jeans justo e maria-chiquinha, apesar de não ser loira nem ter os olhos claros, para comprar um sacolé roxo e chupá-lo até meus lábios congelarem.

— Porfirio, você sabe de alguma venda que tenha sacolés?

O sol brilhava como se não tivesse chovido. Da grama, ainda molhada, subia um vapor espesso.

— Em quase todas do povoado.

Ele estava agachado, plantando margaridas em volta de uma árvore.

— Que preguiça das vendas da cidade. Não tem em nenhuma do campo?

— Que eu saiba, na venda da escola.

A venda da escola, que eu vi quando andei a cavalo, era uma casinha de metal.

— Não tem em outra?

Ele pensou por um instante.

— Acho que também numa lá pra cima, depois da entrada para o povoado.

— É de metal, como a da escola?

— É uma venda grande, de troncos de madeira.

— Pode me levar lá?

— Se a sua mãe deixar…

Porfirio continuou com as margaridas e depois de um tempo olhou para mim com uma cara estranha.

— Outro dia a guerrilha andou por lá.

— A guerrilha?

— Uns garotos novos. Roubaram um caminhão de leite na estrada principal e distribuíram para pessoas pelo caminho.

— Sério?

— Sem cobrar um peso de ninguém.

Dava para ver que eu não estava acreditando.

— É verdade — disse. — Você não vê que eles tiram dos ricos pra dividir entre os pobres?

— Como o Robin Hood?

Minha mãe estava lendo uma *Cosmopolitan* deitada no sofá da lareira, com os cabelos caindo em cascata.

— Porfirio vai me levar a uma venda onde tem sacolé.

Nenhuma reação.

— Vou pedir um de uva.

Soltou um grunhido que podia significar qualquer coisa.

— Posso ir?

Nada.

— Mamãe?

Nada.

— Mamãe!

— Quê?

— Eu perguntei se posso ir.

Deixou a revista de lado e olhou para mim.

— Aonde?

— A uma venda onde tem sacolé, eu acabei de falar.

— Já está muito tarde.

Ela se endireitou e pegou um copo que estava no chão. Era uísque, àquela hora, de dia e antes do lanche.

— Eu disse que vamos amanhã, Porfirio e eu.

— Está bem.

Bebeu.

— Você está bebendo a esta hora?

— Algum problema?

Preferi não responder.

— A venda é de troncos de madeira.

Deixou o copo e se deitou com a revista.

— Legal.

— Porfirio me disse que a guerrilha esteve lá outro dia.

— Veja só.

— Uns garotos novos.

— Sei.

— Roubaram um caminhão de leite e distribuíram entre os pobres.

Ela colocou a revista sobre o peito.

— O que é que ele disse para você?

— A guerrilha é como o Robin Hood.

— A guerrilha é má.

Fechou a revista e se sentou.

— Porfirio me disse que...

— Porfirio acha que o *viruñas* existe. É um ignorante e não se pode acreditar em nada do que ele diz, Claudia. A guerrilha quer nos transformar em Cuba.

— O que tem de errado em Cuba?

— Em Cuba, dizem às crianças para pedirem um sorvete a Deus e, como Deus não dá a elas, dizem para pedirem a Fidel.

Pegou o uísque e terminou de bebê-lo.

— E Fidel dá?

Ela limpou a boca.

— Lá eles tiram tudo das pessoas. As casas, as terras, as empresas. Eles tirariam esta quinta da Mariú e da Liliana e tirariam o supermercado da gente.

— Para dividir com os pobres?

— Para que todo mundo fique pobre.

Ela se levantou, foi até o bar e se serviu mais um uísque.

— Não quero que você fale mais com o Porfirio.

Percebi que o nariz dela estava vermelho.

— Por quê?

— Quantas vezes eu tenho que repetir, menina? — A voz também estava fanhosa. — Não se deve fazer amizade com os empregados.

— Porque eles vão embora?

— E porque dizem idiotices.

— Sua rinite voltou?

— Não.

— Você chorou?

Ela deu de ombros.

Naquela noite prometi a mim mesma esperar pelo meu pai acordada.

Como ele estava demorando, comecei a me sentir órfã. Se ele tivesse caído do penhasco, eu seria órfã de verdade, como ele. Ouvi um motor de carro descendo pelos paralelepípedos. Era ele. Acendi a luz e, quando ele entrou no quarto, o abracei.

— Quero outra mãe.

— O que tem de errado com a sua?

— Tudo.

— Vocês brigaram?

— Ela não quer me deixar ir com o Porfirio comprar sacolés.

— Ela deve ter suas razões, Claudia.

Furiosa, agora também com ele, eu me deitei dando-lhe as costas.

Quando estava na cama ou deitada no sofá, tudo incomodava minha mãe. Até se eu falasse.

— Você não consegue calar a boca, não é?

Se eu estava calada, que eu me mexesse ou girasse.

— Para com isso, menina.

Se estava calada e quieta, esforçando-me para não ser notada, a minha presença a incomodava.

— Por que você não vai para o jardim ou o seu quarto?

Na hora do almoço, Anita rondava a cozinha. Ao entardecer, Porfirio fechava as janelas e acendia a lareira. Quando ele saía, minha mãe se levantava para preparar o lanche. Era a hora em que se podia falar com ela.

— Você se lembra do dia em que a Rebeca desapareceu?

E esse, o assunto que a fisgava.

— Do dia exato, não.

Às vezes ela me contava coisas.

— Lembro que a Mariú e a Liliana pararam de ir ao colégio durante um tempo.

— Quanto?

Às vezes ela perdia a paciência rápido.

— Não sei, Claudia. Uma semana, um mês, um tempo.

Então eu desistia.

Uma noite consegui que ela me contasse que, depois daquele tempo, a diretora de disciplina, uma freira redonda e velha, foi até a turma dela para alertar que Mariú e Liliana voltariam no dia seguinte e que ninguém deveria fazer perguntas inoportunas, melhor dizendo, nenhuma pergunta a respeito do desaparecimento de sua mãe.

— E elas apareceram?

— Do jeitinho de sempre. Com duas tranças cada uma e sem sinais de choro, sem olheiras nem nada.

— Você disse alguma coisa para elas?

— Eu, não, mas uma amiga colocou a mão no ombro da Mariú e lhe disse que sentia muito.

— E o que ela fez?

— Nada.

— Não chorou?

— Não, e no recreio ela me disse que sentia que a mãe estava viva.

Arregalei os olhos.

— Ela disse isso para você?

— Sim.

— O que você respondeu?

Minha mãe varreu o ar com a mão, o que queria dizer qualquer coisa, que não se lembrava ou que não queria mais falar, e eu parei ali.

Quando estávamos comendo, ela voltou ao assunto sem que eu lhe perguntasse nada. Se eu não falava com Mariú, me disse, era porque as irmãs andavam muito unidas nessa época e não dava mais para falar com ela sem que Liliana, que era reservada e esquiva, estivesse presente. Então ela ficou um tempo mastigando em silêncio. Por fim acrescentou que, se ela sabia dos boatos, era porque as mulheres do carteado não falavam de outra coisa.

— O que elas diziam?

— O que não diziam, minha filha.

E isso foi tudo.

Na tarde seguinte ela começou cedo com o uísque. Quando estava indo para o segundo, enquanto passava manteiga nos pães, ficou tagarela e me contou o que as mulheres do carteado diziam.

Que o homem com quem Rebeca fugiu devia ser importante, um milionário, um poderoso, um artista de televisão. Que ela não sabia dosar a bebida. Que o marido não a suportava. Que não estava desaparecida, mas sim enclausurada. Que era ela quem não suportava o marido. Que, transtornada por suas infidelidades, ela se jogou do precipício. Que não pensou nas filhas. Que o corpo estava apodrecido em uma mata tão fechada que não era possível ver o carro, verde-escuro como a vegetação. Que uma mulher de branco, com cabelo loiro e olhos claros, aparecia para os camponeses. Rebeca O'Brien, um fantasma na neblina. Que ela sempre foi uma mulher à frente do seu tempo, que se vestia com decotes e não usava o sobrenome do marido, tão diferente dos seus pais, irlandeses autênticos e católicos observantes. Que alguns liberais que ela conheceu em suas caminhadas pela montanha acabaram estragando a sua cabeça e que ela andava pela floresta, uma bandoleira de calça e fuzil atravessado no peito. Que tinha sido sequestrada.

Que estava com o monstro dos *mangones*.* Que houve avistamentos na montanha e ela foi abduzida. Que havia casos de gente que se perdia na neblina e aparecia em outro continente. Que ela estava com amnésia e não se lembrava de nada, nem de onde vinha, nem quem era, nem que tinha filhas.

Eu não tinha contado para minha mãe nem para ninguém sobre as fotos. Acho que eu não queria que as levassem embora. Deixei o envelope onde o encontrei, naquela prateleira superior, em cima do livro vermelho.

Depois pensei que alguém poderia encontrá-lo. Anita, enquanto fazia a limpeza. Então, para que não ficasse aparente, coloquei-o dentro do livro. Quando não tinha ninguém por perto, eu o pegava e ficava olhando as fotos.

Havia uma em que Mariú e Liliana estavam em pé, encostadas na fachada de pedra da casa, e as meninas na frente. Cinco loiras de olhos claros, altas e sau-

---

* *Monstruo de los mangones* era um assassino em série não identificado que aterrorizou os moradores da cidade de Cáli entre os anos 1960 e 1970 e que seria responsável por mais de trinta mortes de crianças e adolescentes. O apelido faz referência ao local onde os corpos eram encontrados, os *mangones* (terrenos baldios). (N. da T.)

dáveis. As meninas com duas tranças iguais às que as mães deviam usar quando criança. As mães com o cabelo solto, um liso escorrido com franja, igual ao da Bo Derek, e o outro com camadas volumosas à la Farrah Fawcett. Encaravam a câmera sorrindo como se não tivesse acontecido uma desgraça com elas.

Minha mãe e eu tínhamos descascado completamente e voltado à nossa cor original, quando ela me disse:

— Você se lembra da vez que encontramos a Mariú e a Liliana no centro comercial?

— Nãooo. Eu conheço as duas?

— Você devia ter três ou quatro anos e nós as vimos de passagem. Você, que não conseguia ficar parada um segundo, estava desbaratada. Suja de terra, chocolate ou algo do tipo, com o cabelo de mendiga e bem curtinho, porque ele não crescia. Elas, por sua vez, divinas. Com uns vestidos lindos e os cabelos longos, penteados como se fossem a uma festa. As meninas e as mães também. Que coisa aquelas mulheres — suspirou —, são umas bonecas. Mariú, que é muito generosa, disse que você era bonita.

Minha mãe se levantou, levou os pratos para a pia e foi para a sala da lareira. Eu fiquei na mesa de jantar com Paulina. Peguei-a e olhei para ela com atenção. O cabelo chocolate, os olhos azuis, os cílios volumosos, o nariz arrebitado e os lábios grossos. A boneca mais linda de todos os tempos. Não era só eu que achava isso. Minha tia Amelia e minha mãe também. Gloria Inés disse isso quando a viu. Era o que diziam minhas amigas do colégio, dona Imelda, minha professora de artes. Até Lucila e meu pai, que quase não abriam a boca.

Fui até a sala da lareira para ver o que minha mãe estava fazendo. Ela estava sentada no sofá, olhando para o fogo, com um uísque na mão.

Entrei no escritório. Peguei as fotos e fiquei examinando as Ceballos O'Brien do mesmo jeito que fiz com Paulina. Eu queria entender o que minha mãe disse, qual era o tipo de beleza delas, se eram mesmo umas bonecas. Assim como Paulina, tinham os olhos claros, os narizes arrebitados e os lábios grossos. Não dava para ver os cílios delas nem a cor exata dos olhos, e talvez seus cabelos não fossem tão volumosos e longos, mas eram loiras, altas e bem-feitas de corpo, e não tive dúvidas. Eram muito, mas muito mais bonitas do que a boneca mais linda de todos os tempos.

Não conseguia mais parar de olhar aquelas fotos. Fazia isso todos os dias. Era como se quisesse raspar a superfície, a beleza, e descobrir o que havia por trás, a dor e a orfandade.

Das cinco, a que tinha o cabelo da Bo Derek era a mais bela. Também a mais alta. Uma mulher elegante, com os traços perfeitos de uma escultura.

— Quem é mais bonita, Mariú ou Liliana?

Era uma tarde fria de domingo e nós três estávamos na sala grande, com as janelas fechadas e vestindo os suéteres. Meu pai lia o jornal e minha mãe, com um uísque na mão, olhava pela vidraça.

— Tem gente que diz que é a Liliana, mas eu acho que é a Mariú.

Eu, sentada no chão, trabalhava no quebra-cabeça. Os cavalos já estavam completos. Eu havia montado também grandes pedaços da pradaria, da lagoa e do céu. Apenas no moinho, onde a paisagem era mais escura, as peças ainda estavam dispersas.

— Como a Mariú é?

Minha mãe não respondeu.

— Mamãe...

— Alta, com as maçãs do rosto salientes e os olhos cinza. Lembro que eles mudavam de cor, escureciam ou clareavam de acordo com o clima, a roupa e o estado de espírito.

— Mais alta que a Liliana?

— Sim.

— Acho que para mim ela também seria a mais bonita.

E uma boa mãe, mas isso eu não disse em voz alta. Uma mãe que deixava as filhas irem comprar sacolés e que me achava bonita.

— E essa tempestade? — disse minha mãe.

— Que tempestade? — comentou meu pai, levantando os olhos.

Ela apontou para as montanhas e então eu a vi ao longe. Uma mancha escura derramada na terra e de repente uns clarões amarelos.

Em umas das fotos, Mariú aparecia com um homem de cabelos pretos bagunçados. O marido, imaginei. Ele a olhava como se ela fosse a coisa mais importante do universo. Mariú, tímida, olhos baixos, sorria.

Em outra, que deve ter sido tirada em seguida, seu rosto ocupava toda a foto. Ela olhava para a câmera, então parecia que estava olhando para mim. Seus olhos eram impressionantes. Duas pepitas claras e, talvez, tristes. A tristeza seria por causa da mãe desaparecida? Ela ainda sentia sua ausência? Ainda doía nela? Arrastava aquela tristeza desde os oito anos assim como um cometa arrasta sua estrela?

Não havia fotos ou retratos de Rebeca em nenhum lugar da casa. Verifiquei os quartos, os closets, as gavetas, os livros da biblioteca, um por um, para o caso de haver alguma foto esquecida. Não encontrei nada.

Na parede em frente à escrivaninha havia uma série de quadros. Eram ilustrações com cenas da vida cotidiana. Um cinema, um baile, uma ponte, uma mulher de costas parada junto a uma porta aberta. Usava um vestido longo decotado, cabelo loiro na altura da nuca e na mão um copo com uma bebida amarela.

Fui contar para a minha mãe que havia encontrado um quadro de Rebeca. Ela me olhou tentando entender se era verdade. Como fiquei séria, largou a revista e se levantou.

— Pff, é óbvio que não é ela.

— Está de branco, com uma bebida na mão, saindo da festa.

— É um desenho de qualquer coisa, Claudia.

— Da noite em que ela desapareceu.

— Como é que você pode pensar que fossem colocar na parede um desenho da noite em que ela desapareceu — disse ela com a voz de quem já não aguentava mais as minhas asneiras.

Em outra noite, com uma lupa que encontrei na escrivaninha, descobri que nos olhos de Mariú, na foto em que ela olhava para a câmera, a fotógrafa estava refletida.

Pela figura, esguia, com o cabelo volumoso, eu me convenci de que era Liliana. Junto ao seu reflexo havia uma mancha, um pouco mais clara ou talvez luminosa, que podia ser qualquer coisa, a luminária de chão do escritório, o cabideiro da entrada, outra pessoa, uma cortina, mas eu cismei que era Rebeca flutuando com seu vestido branco.

Foi então que eu fiquei realmente com medo.

Guardei a foto e, enquanto andava até a porta, evitei olhar para o quadro da mulher de costas, achando que ela se viraria para me mostrar que na verdade não tinha rosto: apenas o crânio com os buracos dos olhos vazios.

No espelho horizontal do corredor, vi de passagem meu reflexo e senti como se ele não me pertencesse. Uma coisa que podia agir com independência. Encurvada, escorregadia e raquítica, o *viruñas* que vivia atrás das paredes e agora se mostrava para mim.

As lenhas queimavam na lareira. Minha mãe, com o rosto banhado de laranja por causa do fogo, estava se servindo outro uísque. Olhou o relógio ao me ver.

— Já está na hora de dormir.

— Quando meu pai chegar.

— De novo isso?

— Por favor, mamãe.

Ela disse que não, mas o uísque a deixava mole e consegui que me acompanhasse até o quarto. Ficou comigo enquanto eu vesti o pijama, deitei Paulina na cama da parede oposta e me enfiei na minha, contra a parede da porta.

— Conta uma história para mim?

— Nem que você tivesse três anos.

— Fica até a cama esquentar.

Os lençóis estavam gelados como a barriga de um lagarto.

— Até amanhã, Claudia.

Ela apagou a luz. O quarto não ficou totalmente escuro, pois eu deixava a cortina aberta para que entrasse a luz do poste que havia do lado de fora, junto à cerca do precipício.

— Paulina me disse para te convidar para dormir com a gente.

— Não diga.

— Você pode se deitar lá.

Indiquei a cama livre, na parede de trás.

— Diga a ela que agradeço muito, mas que não posso deixar a lareira sozinha.

— Ela ouve, mamãe.

— Bom, então já sabe.

Ela fechou a porta por fora e desceu a escada. O som de seus passos abafado pelas meias de lã. O silêncio da casa cada vez mais profundo, como se afundasse a cada degrau que minha mãe descia.

Lá fora, sob a luz do poste, a neblina ondulava como se quisesse tomar forma. Era a única coisa que se via. A noite em volta estava escura e seu ruído era constante, como o motor de uma geladeira. Os grilos, as folhas, o vento. Dentro, o silêncio soava suspeito e dava a impressão de que as bonecas nas prateleiras, de pé, com os olhos abertos, ganhariam vida a qualquer momento.

Não tive mais paz naquela casa.

À tarde, quando a neblina nos envolvia e Porfirio ia embora, sentia que minha mãe e eu ficávamos presas. Que havia algo do lado de fora fundido à neblina.

Rebeca, tentando se esgueirar pelas frestas. Que era ela, e não o *viruñas* ou a madeira velha, quem estava por trás dos barulhos inexplicáveis.

Eu não conseguia dormir. Ficava na penumbra atenta às bonecas, esperando que elas piscassem ou girassem a cabeça. Atenta à porta do closet, à neblina em volta do poste lá fora, aos cascos e relinchos dos cavalos, às folhas que se moviam, ao vento, às vezes um sussurro e outras um redemoinho que uivava e sacudia as portas e as janelas, ao silêncio da casa interrompido de repente por um ranger no forro, um moribundo arfando nos canos ou uma lufada de ar que circulava tênue entre as paredes.

Quando finalmente conseguia dormir, caía em um sono leve e contaminado pelas sensações externas. As sombras, as luzes, os barulhos, o peso das cobertas sobre meu corpo, o frio dos lençóis, o cheiro distante dos cavalos e o cheiro de umidade no travesseiro.

Eu ficava sem ar quando pensava ver as bonecas conversando entre si ou uma unha torta surgindo das juntas do teto, um dedo esquelético, um braço com veias saltadas e a mão esticada na minha direção.

Então me dava conta de que estava sonhando e acordava assustada. Não conseguia dormir de verdade até perceber as luzes e o motor do Renault 12 descendo os paralelepípedos.

Uma noite as luzes e o barulho do motor me envolveram e, talvez por ter tido a impressão de que o carro soava diferente, como se estivesse parado, abri os olhos em vez de adormecer. Havia gente e movimento no corredor. Eu me levantei e abri a porta do quarto.

Porfirio e meu pai estavam no corredor e a porta da casa estava aberta. Por ela entrava o jato branco das luzes do carro, que de fato estava parado, mas com o motor ligado. Porfirio, com poncho, gorro e galochas, abria e fechava as gavetas do móvel da entrada. Meu pai, lanterna na mão, andava pelo corredor.

— O que aconteceu?

Os dois olharam para mim e meu pai explicou que tinha acabado a luz.

— E a minha mãe?

— Volte para a cama.

Porfirio encontrou em uma gaveta o que estava procurando, umas pilhas, e as mostrou ao meu pai.

— Pro caso de morrerem as da lanterna.

Ele as enfiou no bolso da calça e vi que carregava o facão preso ao cinto em sua bainha de couro.

— Onde está a minha mãe? — perguntei angustiada.

Como se eu a tivesse invocado, ela saiu do quarto, com um suéter grosso de lã e sua bolsa no ombro.

— Você ouviu o seu pai. Já para a cama.

— O que aconteceu?

— Encontraram um carro acidentado no abismo, um carro antigo.

— O da Rebeca?

— Não se sabe. — As palavras da minha mãe soavam confusas, como as da tia Amelia quando enchia a cara. — O guincho acaba de chegar.

— Quero ir com vocês.

— Não.

Olhei para o meu pai.

— Por favor.

— Anita vai cuidar de você.

Ele se aproximou e fez um carinho em mim.

— Vai ficar tudo bem. Não precisa se preocupar.

Deu um beijo na minha testa e seguiu com minha mãe até a porta.

— Não me deixem — implorei.

Antes de fechar a porta, Porfirio me olhou com pena.

O corredor ficou às escuras. Entrei no quarto e fechei a porta. Tentei acender a luz. Nada. Lá fora o carro se afastou pelos paralelepípedos e entrou na estrada de terra.

Aquele dia tinha feito sol. Ainda estava tão quente no entardecer que minha mãe e eu não precisamos vestir os suéteres e fui para a cama descalça, com um pijama leve de calça e camiseta de manga curta.

Agora, de noite, o frio estava no ar, machucava ao entrar pelo nariz, um picador de gelo sob meus pés.

Pela vidraça via-se o jardim, o poste de luz, a cerca e o cânion preto parecendo uma lagoa. Era uma noite clara como nunca havia visto. Tudo estava em silêncio. As árvores e os cavalos. Tudo em perfeita calma. As montanhas ao longe brilhando como olhos febris.

Eu me deitei de barriga para cima, me cobri até o pescoço e prometi a mim mesma que só pensaria em coisas belas. As flores do jardim, os jasmins-azuis e os copos-de-leite, os beija-flores e os papa-moscas-vermelhos, uma borboleta laranja que quis pousar no meu dedo e ficou quieta enquanto eu a observava. Nossa vida em Cáli antes das brigas e de Gonzalo, o apartamento, a selva do andar de baixo, uma selva de mentira que não dava medo e a escada que na verdade era só uma escada.

Fechei os olhos e surgiu um precipício. Abri e continuei vendo. O precipício verdadeiro e ao fundo, enterrado em meio à vegetação, um carro verde com os vidros quebrados. Ao volante, Rebeca. O cadáver mais lindo de todos os tempos, com um elegante vestido branco, os dedos longos ainda no volante, o cabelo loiro, os olhos azuis e a pele intacta como se os anos não tivessem passado e o carro houvesse pousado lá embaixo graciosamente.

Para não a ver mais, para não pensar nela, comecei a contar os segundos em voz alta, mil, dois mil, três mil, e para que o tempo não se estendesse e eu o sentisse em sua duração real, quatro mil, cinco mil, seis mil...

Acordei de barriga para cima, coberta até o pescoço tal como havia deitado e com a sensação de não ter dormido mais do que um instante. No chão, junto à vidraça, um retângulo luminoso. O sol estava sobre as montanhas e era uma manhã radiante. O céu e a terra pareciam envernizados.

Fui ao banheiro e lavei o rosto. Espiei o quarto principal. Minha mãe não estava. Desci a escada. Eu a encontrei na bancada da cozinha, tomando um café, de calça jeans e camiseta, com meias de lã e o cabelo molhado.

— Era o carro da Rebeca?

— Bom dia.

— Era?

— Claudia, dá bom-dia.

— Bom dia.

Minha mãe tomou um gole do café e deixou a xícara na bancada.

— Quando já tinham se esquecido dela, quando ninguém mais estava procurando, aí está!

— Era ela, então.

— Não é incrível?

— Ela estava no carro?

Fez que sim com a cabeça.

— Você viu?

— Os ossos.

Uns camponeses, contou, estavam abrindo uma trilha na mata e acertaram algo duro que fez os facões faiscarem, o Studebaker, tão coberto pela vegetação que não dava para ver mesmo estando na frente dele.

— Como estava?

— Com a lataria amassada, sem vidros, algumas partes oxidadas.

— Quer dizer, a Rebeca.

— Ah.

Minha mãe pegou a xícara e se virou para a janela. As nuvens, no céu azul, escassas e finas, pareciam serragem que alguém tinha esquecido de varrer.

— Deve ter morrido instantaneamente.

— Mas como ela estava?

— Eram só os ossos, já disse.

Ficou ausente, com os olhos na paisagem, e não consegui tirar mais nada dela.

Depois do almoço bebeu seu primeiro uísque e não desgrudei do lado dela. Primeiro ficou na sala da lareira. Após o segundo uísque passou para a sala grande e, enquanto ela o tomava, terminei o quebra-cabeça.

Eu estava admirando a montagem completa, apreciando os detalhes, as florezinhas amarelas da pradaria, a luz tênue sobre a lagoa, as sombras no moinho, quando Porfirio chegou para fechar os janelões e acender a lareira. Minha mãe e eu subimos para vestir os suéteres.

De volta ao andar de baixo, foi atrás de outro uísque e se pôs a preparar a comida. A lareira queimava. Porfirio se despediu e eu me sentei com Paulina à mesa. Minha mãe serviu a comida. Creme de tomate com batata palha. Tentei fazer com que ela me contasse mais. Se o crânio de Rebeca tinha cabelos e se havia restos do vestido branco, se avisaram a família, se a minha mãe encontrou e falou com eles, se Mariú estava triste, se chorava, se seus olhos mudaram de cor.

— Chega desse assunto, Claudia.

— Por quê?

— Porque você fica com medo e depois não quer ir para a cama.

— Prometo que vou dormir na horinha em que o meu pai chegar.

— Não, hoje ele chega tarde porque vai esperar um pedido.

Tomou umas duas colheres da sopa e foi pegar o quarto uísque. Nós nos sentamos no sofá da lareira. Ela bebendo devagar, como à tarde, e eu olhando para ela de rabo de olho.

Não lembro quando nem como fui dormir. Talvez estivesse tão cansada pelas noites ruins anteriores que tenha adormecido no sofá e minha mãe tenha me levado para a cama. O fato é que abri os olhos no quarto das meninas.

Era noite fechada e algo não encaixava. Como se tivessem trocado os objetos, a disposição dos móveis ou o tamanho do ambiente. Ou como se enquanto eu dormia tivessem me levado para um quarto que queria se passar pelo quarto das meninas.

Tentei me sentar e não consegui. Chamar a minha mãe, e também não. Gritar, e nada. Concentrei minha energia no dedo mindinho da mão direita e consegui mexê-lo. Acordei aliviada.

Em seguida, ao olhar o quarto, descobri que estava levemente mudado. Tentei me mexer e foi em vão. Continuei tentando e com esforço consegui girar a cabeça para acordar em um quarto falso. E assim sucessivamente várias vezes até que percebi que a mão esquelética de alguém me segurava pelo pulso.

Essa mão, compreendi, tinha me tirado do quarto verdadeiro para me levar para o outro lado da casa. O lado que ela habitava. O que se pressentia à noite quando a neblina nos envolvia. O mundo oculto em que se produziam barulhos inexplicáveis.

Então acordei de verdade.

A neblina estava tão pesada que o poste parecia mais distante. Um sol minúsculo em uma atmosfera poluída. Não se via a cerca. De repente, alguns metros abaixo da luz, notei uma coisa branca mais consistente que a neblina.

Eu me sentei na cama. Era um pedaço de tecido. Olhei para as minhas mãos e consegui mexê-las. Paulina dormia, assim como em todas as noites, na cama da parede oposta. As bonecas nas prateleiras, com os olhos abertos, pareciam monstruosas como sempre. Eu estava acordada no quarto real e lá fora aquela coisa ondulava ao vento, que estava muito forte, e por um momento a neblina diminuiu.

A coisa lá fora era uma figura humana com um vestido branco.

— Mamãe!

Eu me levantei e corri até o quarto principal. Minhas costas estavam suadas e meus pés, gelados. A cama estava desfeita, a janela, aberta, e as cortinas de gaze esvoaçavam.

Procurei na varanda, no banheiro e no closet. Percorri os outros quartos e o outro banheiro. Chamando-a, desci a escada. Minha mãe não estava na sala grande, na sala de jantar nem na cozinha, onde havia, em cima da bancada, uma garrafa de uísque vazia. Também não estava no escritório nem na sala da lareira. Fui até o terraço e abri a porta de correr.

— Mamãe...

Não se via nada.

— Mamãe!

Fui para o terraço. O vento frio levantou meus cabelos e arrepiou a minha pele. Quis me jogar no chão e começar a chorar. Parar de procurá-la. Que ela se jogasse do precipício e não voltasse. Que me deixasse sozinha com meu pai, afogada com ele no seu mar de silêncio.

Mas continuei dando a volta e, quando tive certeza de que minha mãe não estava no terraço, entrei na casa.

Com o medo batendo em meu peito como um animal, abri a porta que dava para o jardim. A neblina, grossa sob a luz da entrada, corria com a velocidade do vento, que sacudia as árvores e uivava furioso, como um fantasma acuado.

Avancei pelos paralelepípedos até o final da casa e, com o vento no rosto, continuei pela grama. Enquanto descia, foram se materializando o poste, a cerca frágil e baixa, incapaz de conter qualquer coisa, e a figura humana com os pés na terra e o vestido branco esvoaçante. Tinha os cabelos cheios da minha mãe e seu roupão branco.

— Mamãe.

Temi que ao virar não fosse ela, mas Rebeca.

— Mamãe?

Por trás, uma cópia da minha mãe e, pela frente, uma morta.

— Xará — disse baixinho.

Virou-se. Era ela. Sã e inteira.

— O que você está fazendo?

— Saí para dar um passeio.

No meio da noite, de pijama e sem sapatos, como Natalie Wood.

— Nunca tinha vindo para este lado da quinta.

Um precipício de muitos metros.

— Faz tempo que você e eu não saímos para caminhar, não é?

Sua voz saía enrolada, de bêbada. Tinha um copo na mão. Cambaleou. Dei um passo à frente e agarrei seu antebraço, tão magro que quase dei a volta nele: Karen Carpenter.

— Vamos para a casa, mamãe.

— Amanhã saímos nós duas. Eu prometo.

O precipício estava atrás dela, a dois passos. Apesar de invisível por conta da neblina, ele estava ali, tão profundo quanto o da princesa Grace. Podia sentir sua força, o fio que a puxava lá de baixo.

— Os ossinhos estavam desbaratados.

— Os da Rebeca?

— Ela, sim, soube fazer direitinho.

Então eu o vi em seus olhos. O abismo dentro dela, igual ao das mulheres mortas, ao de Gloria Inés, uma fenda sem fundo que nada pode preencher.

— Este lugar é perfeito para desaparecer.

— Vamos — disse e a pressionei.

Minha mãe se deixou guiar pela grama e pelos paralelepípedos de volta à casa.

Uma vez dentro, tirei o copo da sua mão e o coloquei no móvel da entrada. Ela o agarrou e de um gole tomou o que restava. Fechei a porta e o vento, seus uivos e sua força ficaram do lado de fora. Andamos até o quarto principal. Ela mansa e instável e eu atenta para que ela não caísse. Sentei-a na cama, tirei seu roupão e as meias molhadas e a ajudei a se deitar.

Fechou os olhos. Estava despenteada, com a expressão tranquila, como uma menina tola vencida pelo cansaço. Cheirava a uísque. Um cheiro de madeira morta. Inspirei fundo e prendi o ar. Queria guardar aquele cheiro dentro de mim como meu pai guardou o cheiro de talco de sua tia Mona. O cheiro da minha mãe, para que eu nunca esquecesse. Acariciei sua testa e depois seus cabelos. Desembaracei os fios com os dedos até deixá-los lisos e brilhantes. Dei um beijo na sua testa e me deitei ao seu lado. Ela abriu os olhos.

— Nada do seu pai chegar?

— Não.

— Está muito tarde.

Fechou os olhos e pareceu dormir instantaneamente. Eu, com os meus abertos, vi meu pai acidentado na estrada. Meu pai, no fundo do precipício, com o monstro interior adormecido para sempre ao lado de sua mãe, feliz em vê-lo finalmente. Ela uma menina e ele um velho. Chorei sem lágrimas. Meus olhos se fechavam por causa do sono. Segurei minha mãe pelo pulso, com força, para que não pudesse ir embora, para eu saber caso ela se levantasse e mantê-la comigo deste lado da casa.

Acordei de dia, na manhã seguinte, no quarto das meninas. Fui até o quarto principal. Não havia ninguém. Desci a escada. Minha mãe estava na cozinha preparando o café da manhã e meu pai, na sala de jantar.

— Você chegou!

Eu o abracei.

— Você não se lembra de eu te colocar na sua cama?

— Não.

— Você falou.

— O que eu disse?

— Perguntou por que eu tinha demorado tanto.

— Verdade?

— E eu disse que o pedido tinha atrasado.

Minha mãe nos serviu ovos com arepas. Meu pai e eu deixamos os pratos limpos, enquanto ela tomou três copos d'água, deu duas mordidas em sua arepa e revirou os ovos no prato.

— Está sem fome? — perguntou meu pai.

— Estou com dor de cabeça.

Largou a comida e subiu para tomar banho. Ele abriu o jornal.

— Vamos voltar para Cáli — disse a ele.

— Você não está se divertindo?

— Meu aniversário é daqui a três dias e não quero estar aqui.

— Por quê?

— Este lugar é mau.

— Mau como?

— Tem precipícios.

— Uns precipícios lindos.

— Não quero que vocês morram.

Baixou o jornal.

— Vem cá.

Dobrou-o, colocou-o em cima da mesa e eu me sentei no seu colo.

— Você tem medo de que a gente morra?

— De que você tenha um acidente como a Rebeca e que minha mãe se jogue.

— Eu dirijo com muito cuidado, já falei mil vezes para você, e sua mãe não vai se jogar.

— Como você sabe?

— Uma mãe não deixaria sua filha. Você mesma disse.

— Foi a Paulina que disse.

216

— Está bem, Paulina.

— Gloria Inés deixou os filhos.

— Ela caiu da varanda. Sua mãe não vai cair. Você não viu que tem grades e vidros por toda parte?

— A princesa Grace e a Natalie Wood também tinham filhos.

— Essas histórias te deixaram muito impressionada.

— Vamos embora desta quinta, por favor.

— Gloria Inés estava doente.

— Minha mãe também.

Meu pai riu.

— Sua mãe está com dor de cabeça.

— Está doente desde Cáli.

— Ela já está sem rinite e aqui não há ipês por perto.

— Você nunca está e não percebe.

— O que eu não percebo?

— Ontem à noite ela encheu a cara. Saiu de meias para dar um passeio pela grama e foi até a cerca do precipício. Se eu não tivesse chegado, de repente ela se jogava. Ela me disse que este lugar é perfeito para desaparecer.

— Ela também ficou muito impressionada com a história da Rebeca. — Ele me deu um beijo na testa. — Você não vê como ela melhorou aqui? Não toma mais antialérgicos.

— Agora toma uísque.

Ele riu outra vez.

— Um uisquinho de vez em quando não faz a mal a ninguém.

Tomei banho na cascata com meu pai e no resto do dia fiquei brincando no quarto das meninas. Ao meio-dia fizemos uma carne assada, comemos no terraço e meu pai nos perguntou se queríamos caminhar.

— Vão vocês — disse minha mãe.

— Eu fico com ela — falei.

Entramos e ela se serviu um uísque. Ele perguntou se não era cedo demais para beber.

— Quer um? — respondeu.

Ele disse que não e propôs que jogássemos *parqués*. Olhei para a minha mãe. Ela, com o uísque na mão, olhava para nós procurando uma desculpa.

— Quero ler a revista que você trouxe para mim — disse ela a meu pai.

Era uma *Vanidades*. Na capa, uma mulher com maiô de tigresa. Minha mãe a pegou e foi para a sala da lareira.

Meu pai e eu jogamos *parqués* na mesa de jantar. Um besouro subia pela vidraça, escorregava e recomeçava batendo suas asas com um zumbido metálico. Consegui colocar dois peões no céu. Parecia que eu ia ganhar, porque meu pai estava com dois na prisão, mas ele tirou três pares seguidos, colocou dois no céu e aí ninguém o segurou. Jogamos outra partida e ele me venceu de novo.

Porfirio chegou para fechar as janelas e acender a lareira. Minha mãe nos disse que estava fazendo frio e subimos. Eles foram para o quarto principal. Eu me enfiei no das meninas, peguei um suéter do closet e depois Paulina, tão linda e arrumada com seu vestido de veludo verde, e a penteei.

Minha mãe terminou de servir a massa e se sentou em frente ao meu pai. Eu me sentei na cabeceira.

— E a Paulina? — perguntou ela. — Não vai comer com a gente hoje?

— Paulina não está mais.

— Como assim?

— Ela se jogou do penhasco.

Meus pais pareceram confusos.

— Você a deixou cair? — disse ela.

Não senti a vertigem ao pé do abismo. Não senti nada. O céu estava branco, as montanhas, escuras, e uma neblina gorda cobria o cânion.

— Não — expliquei. — Ela se jogou.

A princípio Paulina ficou sentada na cerca, como as crianças no muro do fosso dos leões. Serena, como se contemplasse a paisagem.

— O que você está dizendo, Claudia?

Ela oscilou no ar e eu a segurei pelo braço.

— Que ela se suicidou.

Eu a vi cair. Primeiro muito reta. Então ela ficou de lado e perdeu um sapato.

— Você a jogou?

— Ela se jogou.

Paulina no ar. Os pezinhos para cima, a cabeça para baixo e os cabelos espalhados, longos e movendo-se como asas.

— Do penhasco?

— Sim, do penhasco.

Eu a vi entrar na neblina que cobria o cânion e se perder na massa branca.

— Por quê? — perguntou minha mãe.

Meu pai estava olhando para mim.

— Porque não queria mais viver.

Eles, sem saber o que dizer, se entreolharam.

— Tem gente que quer morrer — acrescentei.

O besouro, que antes tentava subir pela vidraça, estava jogado no chão, imóvel e de barriga para cima, com as patinhas arrepiadas.

— Claudia — disse ela —, você quer morrer?

Minha resposta: um gesto que não queria dizer nada.

Quarta parte

Na manhã seguinte, bem cedo, arrumamos nossas malas e as levamos para o carro. Porfirio e Anita ficaram surpresos ao ver que iríamos embora antes do planejado. Eles foram abrir o portão juntos.

Fiquei acenando para eles, do carro, até perdê-los de vista. Virei para a frente e me acomodei no banco, que sem Paulina parecia do tamanho de um campo de futebol.

Achei a estrada de terra escura e sinistra como na chegada, mas não tão grande. Em poucos minutos estávamos na estrada principal. Bastou descermos alguns metros para que o dia abrisse e o céu se revelasse azul, com um sol fabuloso. Na quinta, pensei, estávamos vivendo dentro das nuvens.

Permanecemos em silêncio. Trechos de floresta, restaurantes e quintas até chegarmos à curva da cerejeira. Nós balançamos e senti saudade de Paulina de novo, que havia caído de lado. No final da curva, à nossa frente, surgiu o extraordinário precipício e, no fundo, ao longe, Cáli esparramada pelo vale.

Meu pai nos levou para o apartamento, nos ajudou a subir as malas e foi para o supermercado. Minha mãe e eu desfizemos as malas, organizamos as roupas e meus brinquedos e descemos para inspecionar a selva. Ela dava voltas, observando tudo em silêncio, e eu a seguia. Lucila se aproximou.

— Faz duas semanas que eu coloquei a ureia que o senhor Jorge me trouxe.

— Dá para ver — disse minha mãe com um sorriso, para que ela não se sentisse mal.

Na verdade as plantas estavam tristes, com as folhas caídas e amareladas. Lucila disse que tinha que fazer o almoço e voltou para a cozinha. Minha mãe continuou a inspeção, andando por entre as plantas e detendo-se em cada uma. No final foi até o bosque atrás do sofá de três lugares e começou a arrancar as folhas secas do fícus.

Todos os meus mortos, pensei. Se os do meu pai estavam em seus silêncios e os da minha mãe eram as plantas da selva, os meus eram as folhas prestes a cair.

Minha avó menina, meu avô amargurado, a tia Mona, meu avô urso, minha avó lombriga e cobra, as mulheres das revistas, Gloria Inés, Paulina...

Do lado de fora os ipês estavam sem folhas. Restavam apenas os galhos nus com algumas poucas flores murchas. O chão em volta estava coberto com as que tinham caído, um tapete de flores, antes rosadas, agora desbotadas, cor de café ou sujas.

— Será que eles vão morrer?

— Eles quem?

— Os ipês.

— Não, xará — disse minha mãe. — Eles sempre ficam verdes de novo.

De repente senti um toque leve no ombro e, assustada, dei um pulo. Ao me virar, encontrei uma das palmeiras com os dedos estendidos na minha direção.

— Olá — cumprimentei-a também.

Meu pai chegou ao meio-dia e nos sentamos à mesa. Embora não tenham dito, eles deviam sentir, assim como eu, a falta de Paulina na cadeira vazia. Minha mãe, enquanto nos servia, me perguntou se eu gostaria de ir ao pula-pula à tarde.

— Mas é claro.

— Seu pai falou com a sua tia e ela vai te levar.

— Pelo seu aniversário — disse ele.

Eu me sentei no banco do carona do Renault 6 e minha tia e eu nos abraçamos.

Ela passou o caminho todo me fazendo perguntas. Como era a quinta, como tinha sido a estadia, o que eu havia achado, como me senti. Eu disse legal, legal, legal e legal. Ela tirou os olhos da avenida e me olhou sorrindo.

O pula-pula ficava embaixo de uma tenda de circo em um terreno poeirento e consistia em uma base metálica com uma imensa borracha preta elástica que parecia a cama de um gigante. Pulei várias vezes seguidas, primeiro com timidez e depois cada vez mais alto.

Meu pés afundavam na borracha e eu subia voando para o altíssimo e colorido teto da tenda. A coisa gostosa na barriga, uma bolinha de felicidade, se espalhava por todas as partes, do umbigo em uma explosão até a ponta dos dedos e dos cabelos eriçados na minha cabeça. Então eu olhava para baixo e sentia vertigem. Minha tia Amelia, o senhor que administrava os turnos, as mesas de metal, a venda, tudo pequenininho. O mundo achatado no chão e eu suspensa no ar, como se tivesse caído em um precipício e fosse morrer assim como a pobre Paulina. A náusea do medo se acumulava dentro de mim, mas meus pés voltavam à borracha, eu subia e o prazer explodia novamente.

Minha tia, de repente percebi, estava olhando para cima, as mãos formando um megafone. Seu grito atravessou as camadas invisíveis dos mundos que nos separavam e consegui ouvi-lo:

— Claudiaaaaaaaa!

O senhor que controlava os turnos:

— Seu tempo acaboooou!

Desci do pula-pula para o chão duro.

— Já está na hora do lanche — disse minha tia.

Foi como aterrissar em um novo planeta. Estava vermelha, agitada, com o cabelo empapado de suor. Não havia uma brisa sequer e parecia que todo o bochorno de Cáli tinha entrado debaixo da tenda do pula-pula. Compramos pipocas doces e dois refrigerantes de limão e nos sentamos. Tomei um gole do refrigerante e meu cérebro congelou.

— Feliz aniversário adiantado — disse minha tia.

— Obrigada.

Limpei a boca com a mão. Ela acendeu um cigarro.

— Quer dizer que você se divertiu na quinta.

— Sim.

Peguei uma mãozada de pipoca.

— E a Paulina? — perguntou.

Minha tia havia me presenteado com ela e eu não a tinha mais. O que eu podia dizer? Por sorte estava mastigando e tive essa desculpa para não falar.

— Seu pai me contou que você a perdeu.

— Você me desculpa?

— Não estou te repreendendo, querida. Quero saber o que aconteceu.

Soltou um fio de fumaça, que subiu em espiral.

— Eu sei que ela era a sua boneca preferida.

— Sim.

— E então?

— Ela se jogou do precipício.

— Ela sozinha?

Assenti e peguei mais pipocas. Ficamos em silêncio. Minha tia fumando e eu comendo. Quando terminou de fumar, jogou a guimba no chão e a amassou com o sapato.

— Paulina, sozinha, se jogou do penhasco…

Tentei sorrir para que ela não percebesse o que eu realmente estava sentindo, mas meu rosto se contraiu. Ela colocou o braço em volta das minhas costas.

— Você não estava feliz naquela quinta, não é?

Fiz que não com a cabeça.

— Por quê?

Derramei uma lágrima.

— Estava com medo.

Eu a sequei.

— De quê?

— Do *viruñas*.

— Alguém falou do *viruñas* para você?

— O caseiro.

— Quando seu pai e eu éramos pequenos, na fazenda, a cozinheira nos assustava com o *viruñas*. Se a gente perdia alguma coisa, o lápis, o caderno, ela dizia que o *viruñas* tinha levado embora. Eu vivia morta de medo, mas no fundo sabia que era uma invenção. Você é muito inteligente, querida. Acha mesmo que ele existe?

— Também tinha medo da neblina.

— A neblina é misteriosa.

— E da casa, que era estranha, com a entrada em cima e a sala embaixo.

— Seu pai me disse que era muito bonita.

— Uma mulher desapareceu lá.

— Você tinha medo da Rebeca O'Brien?

— Que ela aparecesse para mim.

— Tinha medo de um fantasma.

— E que os meus pais desaparecessem como ela.

— Por que eles desapareceriam?

— Meu pai podia sofrer um acidente na estrada.

— Claro, isso dá muito medo.

— Os abismos dão muito medo.

— São horripilantes.

— Sim.

— E a sua mãe?

— Minha mãe o quê?

— Por que você tinha medo de que ela desaparecesse?

Fingi que não sabia.

— Ela não dirigia lá em cima.

— Não.

— Então?

— Ela podia cair.

— Cair como?

— Como a Gloria Inés.

— Gloria Inés estava em cima de um banco.

— Podia se jogar.

— Por que ela se jogaria?

Fiquei calada. Comi. Tomei refrigerante. Minha tia insistiu:

— Por quê?

— Porque está doente.

— Da rinite?

Neguei.

— Doente de quê?

— Da mesma coisa que a Gloria Inés.

— Ela disse isso para você?

— Não.

— Quem disse?

— Ninguém, mas eu sei.

— E você?

— Eu o quê?

— Você queria se jogar?

Olhei para ela.

— Não.

— Só queria voltar para Cáli.

— E que as coisas fossem como antes de Gonzalo.

Agora foi o rosto da minha tia que se contraiu. Nós nos abraçamos e choramos juntas.

À noite minha mãe foi comigo até o meu quarto sem que eu pedisse. Eu me deitei. Ela apagou a luminária da mesa de cabeceira e se sentou na cama.

— Eu sei que não tenho sido a melhor das mães.

Tive o impulso de consolá-la, de dizer que não era verdade, que ela era a melhor do mundo, mas naquele dia tinha sido bom chorar no peito da minha tia Amelia, pular por horas no pula-pula, engasgar com pipoca doce e refrigerante, então me calei.

— Quando a tristeza entra no meu corpo eu tento mandá-la embora, eu juro.

Ela era uma silhueta na escuridão e eu não conseguia ver sua expressão.

— Você é a coisa mais importante para mim, Claudia. Apesar de às vezes a tristeza me vencer, você é a única coisa que realmente importa. Você sabe disso?

Permaneci calada.

— Prometo que vou dar o meu melhor, que vou lutar mais e não vou deixar que ela me vença de novo.

Derramei uma lágrima silenciosa. Eu estava quieta e não acho que ela tenha percebido.

— Hoje à tarde é o velório da Rebeca — disse minha mãe no café da manhã. — Seu pai e eu achamos que seria bom você vir com a gente.

Olhei para ele, que sorriu.

— Você gostaria? — disse ela.

— É claro.

— Ontem à noite falei com a Mariú e ela me disse que as meninas estarão lá. Eu sei que você queria conhecê-las.

Tomei banho devagar. Lavei o cabelo com xampu e condicionador. Ensaboei o umbigo, atrás das orelhas, as dobras das pernas e dos braços. Coloquei a calça azul de festa, minha camisa branca de botões e os Adidas felpudos de listras amarelas. Alisei a franja com o secador da minha mãe e prendi um laço da mesma cor da calça. Peguei meu brilho de moranguinho, que estava esquecido havia meses na gaveta da minha mesa de cabeceira. Ao abri-lo, o cheiro se espalhou pelo quarto, e o passei nos lábios.

Meu pai estava de paletó e gravata. Minha mãe, belíssima, com o cabelo solto, batom vermelho e um vestido preto na altura dos joelhos.

O velório foi na casa que Fernando Ceballos construiu para Rebeca quando eles se casaram. Ficava perto do apartamento da minha tia Amelia, em um quarteirão tranquilo que devido à ocasião contava com uma longa fila de carros estacionados.

A casa tinha dois andares e telhado plano, com colunas pretas e, no segundo andar, uma parede curva de ladrilhos laranja. No primeiro andar havia um portão de garagem e outro pequeno para as pessoas. A entrada principal ficava em cima. Subimos por uma escada íngreme feito uma rampa. Tocamos a campainha e, imediatamente, como se estivessem nos esperando, a porta se abriu.

Um homem sorridente da idade do meu pai nos deu as boas-vindas. Era loiro, dourado pelo sol, com rugas e uns olhos azuis que me fizeram pensar na descrição que minha mãe fizera dos de Patrick: duas pepitas como pedras preciosas no deserto. Era ele? Chocada, olhei para a minha mãe. Ela estava sorrindo.

— Por favor, entrem — disse o homem.

Com um gesto, ele nos indicou a escada, que descia em espiral até uma sala ampla, onde as pessoas estavam. Ao fundo havia uma janela que ia do primeiro andar até o teto falso do segundo, como a da sala do nosso apartamento. Dava para o rio, as árvores e o jardim. No segundo andar, onde nós estávamos, estendia-se um corredor de cada lado, com uma série de portas fechadas.

O homem disse que ia comprar gelo porque em um velório irlandês não podia faltar para o uísque e saiu fechando a porta.

— Esse é o Michael — disse minha mãe em voz baixa —, o mais velho.

Meu pai ajeitou a gravata.

O primeiro andar estava cheio de gente, do lado de dentro e de fora, nas salas de estar, na de jantar, na varanda, junto à piscina e no jardim, que margeava o rio e tinha pedras, árvores-da-chuva, grama e plantas que pareciam selvagens embora não fossem. Havia gente de todas as idades, dois garçons, várias empregadas na cozinha e um padre de batina preta e faixa roxa.

Uma velha me chamou a atenção, a testa tão branca que se confundia com os cabelos grisalhos. Tinha os olhos azuis mais transparentes que eu já tinha visto. Vestida de linho, impecável. Parecia de outro mundo. Mais extraterrestre do que estrangeira, de um planeta distante onde a luz do sol não chegava. Estava na sala grande, em uma poltrona, do lado de um andador de alumínio. Não a deixavam sozinha nem um minuto. Depois soube que era a mãe de Rebeca. O pai tinha morrido havia anos e ela era a única pessoa triste da reunião.

Era fácil distinguir os O'Brien dos convidados. Embora uns fossem mais loiros, brancos e altos que outros, todos tinham a marca da família: na estatura, nos olhos, na cor da pele ou nos traços com ângulos como de uma escultura. Falavam, bebiam, riam e nenhum deles repreendia as crianças que gritavam ou corriam. Parecia mais uma festa que um velório.

Como eu tinha visto Mariú, Liliana e as meninas em fotos, reconheci todas imediatamente. Também seus maridos, apesar de eles não me interessarem. Mariú estava de calça preta, blusa branca e cabelo solto. Sorriu ao ver a minha mãe. Beijaram-se, abraçaram-se e minha mãe lhe falou palavras carinhosas.

Mariú, olhando para mim, perguntou a ela:

— É a Claudia?

— É a Claudia.

Ela se agachou para ficar da minha altura. Tinha os olhos cinza com linhas escuras e claras, e enquanto ela me olhava, tão de perto e tão fixamente, senti que sua beleza se derramava sobre mim.

— Que bonita — disse a mais bonita de todas.

Ela se levantou. Minha mãe agradeceu o elogio falso e Mariú olhou em volta.

— As minhas estão por aí.

A mais velha, da minha idade, conversava, com pose de gente grande, com alguns adultos nos sofás de vime da varanda. As outras duas, uma sua e outra de Liliana, andavam de braços dados, dando saltinhos pelo jardim. As três usavam tranças embutidas e vestidos brancos idênticos, com um bordado no peito, mangas bufantes e um laço atrás.

— Lindas — disse minha mãe sinceramente admirada. — Esses vestidos parecem de açúcar. — Colocou a mão em meu ombro. — Esta daqui, por sua vez, não há quem a faça vestir algo que não seja calça. Por um milagre escolheu uma elegante, mas com tênis, olha só.

Mariú se deteve em meus Adidas felpudos de listras amarelas.

— Se eu pudesse, andaria sempre de tênis.

— Tá bom — disse minha mãe.

Mariú piscou para mim.

— São incríveis.

Liliana se aproximou. Ela nos cumprimentou de forma gentil e distante. Era mais baixa e gorducha que a irmã, com covinhas nos cantos da boca. Meu pai, que tinha ficado para trás, nos alcançou e Mariú e Liliana se viraram para ele.

Identifiquei outros dois homens que com certeza eram irmãos de Rebeca. Estavam de paletó e gravata, arrumados como aquele que abriu a porta para nós e tinham uma idade similar, quase velhos, bronzeados e com porte atlético. Perguntei a mim mesma se algum deles seria Patrick. Minha mãe não dava sinais de inquietação.

Ela, ao lado do meu pai, estava descrevendo para um grupo como os camponeses encontraram o carro de Rebeca enterrado na vegetação. Um garçom passou oferecendo uísque e ela titubeou. Por fim rejeitou. Meu pai, sim, pegou um copo.

Então eu o vi. Michael, o mais velho, entrou por uma porta lateral com duas bolsas de gelo e atrás, com algumas garrafas de uísque, ele. Tinha que ser Patrick. Um O'Brien legítimo. Alto e forte, embora mais jovem que os outros e nem um pouco arrumado. Não usava paletó nem gravata, as mangas da camisa estavam dobradas e o cabelo parecia nunca ter visto um pente na vida.

Michael e Patrick se enfiaram na cozinha. Minha mãe não os viu. Os olhos do grupo estavam nela, que narrava o momento em que o carro, içado pelo guincho, amassado, quebrado, oxidado, mas ainda verde, saiu do precipício.

Michael e Patrick voltaram para a sala. Minha mãe, talvez por causa do movimento da porta giratória, olhou para lá. Ela ficou atordoada, deixou a palavra suspensa no ar e pude sentir, em meu coração acelerado, a comoção do dela. Alguém fez uma pergunta e minha mãe retornou ao grupo e respondeu como pôde.

Patrick, que não tinha visto minha mãe, pegou um uísque da bandeja de um garçom. Uma mulher se aproximou dele. Era cadeiruda, de pele escura e cabelo crespo ao natural. Estava de chinelo, com um vestido florido, carregando um bebê em um braço e dando a outra mão a um menino pequeno. Ela disse algo para ele, riram e Patrick pegou o bebê. Ela seguiu de mãos dadas com o outro menino em direção à escada. Era sua família. Os filhos, que depois soube serem três, com a pele escura da mãe e os olhos claros do pai.

Patrick, depois de tomar um gole do uísque, olhou ao redor e encontrou minha mãe. De longe, sem intenção de se aproximar, sorriu para ela. Ela também sorriu. Ele bebeu seu uísque e ela encheu o peito de ar. Meu pai, calado, não perdia um detalhe.

Na parte de trás havia um escritório com a porta aberta. O caixão estava sobre uma mesa forrada com toalha, entre dois buquês de rosas brancas. Eu nunca tinha visto um ao vivo, muito menos com um cadáver dentro.

Ninguém me impediu de chegar perto.

O escritório parecia uma floricultura. O caixão estava fechado e era pequeno e branco, uma caixa de bebê. Rebeca estava ali dentro. Uma mulher adulta naquele espaço minúsculo. Apenas os ossos. Os ossinhos desbaratados, como disse minha mãe. Eu os imaginei gastos, quebrados, com o interior visível, escuro, malcheiroso e, numa das extremidades, acima dos demais, o crânio vazio, um crânio sem glória como o de qualquer morto.

Na parede de trás havia uma estante de livros e no centro uma grande foto em preto e branco. O busto de uma mulher olhando para o lado, com um sorriso travesso. Rebeca O'Brien, sem dúvida. Tinha as sobrancelhas altas e o cabelo preso em um coque baixo.

O vestido, o que se via dele, sem mangas e justo ao corpo. Parecia mais com Mariú do que com Liliana. Era Mariú, com a elegância da senhora da poltrona, os olhos dos irmãos e as covinhas de Liliana.

— Ainda bem que te encontraram — disse mal movendo os lábios.

Um velho grisalho entrou no escritório. Fernando Ceballos, reconheci na hora. Era forte e saudável. Parou ao meu lado e me olhou de cima a baixo, antipático, como se perguntasse: e essa quem é? Atrás dele vinham o padre da faixa roxa, a senhora do andador, Mariú, Liliana, os irmãos de Rebeca, os sobrinhos, o resto da família e os convidados. Aproveitei o tumulto para escapulir.

O padre, Fernando, Michael e os outros irmãos falaram na cerimônia. A senhora do andador chorou e Mariú e Liliana também desabaram. Então Patrick contou uma piada e todo mundo riu. Não me lembro dos discursos, apenas de duas frases de Mariú.

— Obrigada por voltar, mamãe. — Olhou para a minha. — E obrigada, Claudia, por trazê-la para nós.

As meninas foram para o jardim e saí atrás delas. Fiquei andando em círculos largos em torno delas e das outras crianças, uma dúzia ou mais, observando de longe enquanto discutiam as regras de um jogo.

— Quer brincar com a gente?

— De quê?

— Esconde-esconde.

— Tá.

— Qual seu nome?

— Claudia. E o seu?

— Rebeca.

Era a filha mais velha de Mariú, com as tranças embutidas e o vestido de açúcar. Nas sobrancelhas e perto das orelhas havia uma pequena penugem dourada, como se uma luz a tivesse coberto ao nascer.

— Ela se chama Claudia — disse ao grupo. — Vai brincar com a gente, e já falei que não vale se esconder no andar de cima. Quem vai contar?

— A menina nova — disse um garoto magro de pernas compridas.

— Agora você é quem vai contar, para deixar de ser bobo — me defendeu Rebeca. — Não está vendo que ela não conhece a casa?

O garoto protestou. Tinha os olhos verde-oliva e a marca de família, com a pele marrom e o cabelo crespo. O filho mais velho de Patrick, com certeza. Divino, se não fosse tão bobo. Ninguém o apoiou e ele teve que ir até a parede contar.

Eu me escondi na sala grande, atrás de um móvel. Enquanto estava ali, vi minha mãe no meio da outra sala. Conversava com umas mulheres que seguravam, cada uma, um café na mão. Ela estava bebendo uísque.

O filho de Patrick estava se aproximando na ponta dos pés. Frio, morno, quente, fervendo e me achou! Saí correndo, mas as pernas dele eram realmente compridas.

— Tá com a Claudia — bateu a mão na parede.

Não precisei contar na rodada seguinte porque o último garoto, um grande, bateu salve todos e o filho de Patrick teve que contar de novo. Tive a ideia de me esconder no jardim, atrás de uns arbustos grandes de flores vermelhas. O espaço era pequeno e Rebeca estava lá. Eu já estava saindo, mas ela fez um gesto para que eu entrasse e abriu espaço para mim.

— Adorei a sua calça — disse sussurrando.

— Obrigada — sussurrei também.

O filho de Patrick tinha terminado de contar e estava procurando.

— Quem dera deixassem eu me vestir assim.

— Não te deixam usar calça?

— Só para ir à quinta e ficar em casa.

— Você não gosta de vestidos?

— Não muito.

— Eu também não. Mas o seu é muito bonito.

— Obrigada.

— As tranças também.

— Obrigada.

— Sua cabeça fica doendo?

— À beça. Minha mãe puxa muito forte. Às vezes eu até choro.

Olhei para ela com pena.

— Ninguém faz penteados em você? — perguntou.

— Não. Minha mãe, no máximo, me faz usar um laço — disse, mostrando o que estava na minha cabeça.

— Este eu coloquei sem ela pedir porque queria ficar elegante. Nunca tinha ido a um velório.

— Eu também não.

— E olha que morreu um monte de gente.

— Sério?

— Meus quatro avós e uma tia do meu pai, antes de eu nascer. Há pouquinho tempo uma prima da minha mãe que era como um irmã para ela se matou.

— E você não foi ao velório?

— Não quiseram me levar.

Estávamos muito perto, conversando com o rosto colado, seus olhos azuis sobre os meus.

— Seus dentes são muito bonitos — disse ela.

Nós duas tínhamos dentes novos. Mas, enquanto os meus eram uma fileira reta, os dela, grandes como pás, eram tortos, com os caninos afiados e trepados uns nos outros.

— Obrigada.

— Quando eu for mais velha, vão colocar aparelho em mim.

— Com certeza.

— Diz que dói para caramba, pior que as tranças.

— Às vezes eu coloco uns que eu faço de papel alumínio.

— Eu também.

Ela me contou que não se dormia nos velórios irlandeses, que ia tentar virar aquela noite com os adultos, que no dia seguinte levariam sua avó ao cemitério, para um ossário, que era um armário para os ossos.

— Você já viu um?

— Nunca.

— Também não.

— Eu nunca fui a um cemitério.

— Que medo.

— Sim, que medo.

— Eu tenho o mesmo nome da minha avó morta.

— E eu o da minha mãe, que não está morta.

— Menos mal.

Estávamos tão imersas na conversa que não percebemos que o filho de Patrick tinha nos encontrado.

— Tá com a Rebeca e com a Claudia!

— Ai, filho da mãe — disse ela, e nós caímos na gargalhada.

Rebeca e eu estávamos andando em direção à parede quando meu pai, saindo sabe-se lá de onde, agarrou o meu braço.

— Estamos indo.

Ainda não era de noite.

— Acabamos de começar a brincar.

— Só mais um pouquinho — me apoiou Rebeca.

— Por favooor.

— Já está na hora, Claudia.

— Minha mãe que disse?

Era ela quem tomava essas decisões.

Procurei por ela entre as pessoas. Fora e dentro, sentada e em pé, nas salas e nas mesas. A velha do andador continuava na poltrona. Fernando Ceballos, na porta da cozinha, falava alguma coisa para Mariú. A esposa de Patrick estava atrás do bebê, que andava igualzinho a um bêbado. Liliana conversava com um casal nos sofás de vime da varanda. Na mesa ao lado, alguns jovens jogavam cartas.

Voltei para o meu pai. Ele dirigiu o olhar para a grande janela que ia até o teto. Então eu a vi. Afastada dos grupinhos com Patrick, os dois com um uísque na mão.

— Tenho que ir — disse a Rebeca.

— Impressionante a casa, não é?

A pergunta foi feita por minha mãe no carro. Meu pai, que estava ao volante, não respondeu.

— Muito — falei.

— Antes, o jardim não tinha aqueles arbustos grandes nem a piscina.

Meu pai, nada.

— Também achei a casa menor. É imensa, claro. Mas naquela época ela me parecia do tamanho de um convento.

Então meu pai falou:

— Você está tão apatetada assim?

— Como é?

Eu estava tão desconcertada quanto ela.

— Você só tinha olhos para ele e não prestou atenção em nada.

— Do que você está falando, Jorge?

Rígido, feito uma seringueira, virou a cabeça na direção dela para fulminá-la com o olhar.

— Eu nunca fui lá com ele — defendeu-se minha mãe. — Estou falando de uma vez, quando era criança, que fui convidada para um aniversário da Mariú.

Ele se voltou para a frente, com seu monstro desperto.

— Está zangado?

Não respondeu.

— Ele vive em Porto Rico. Vai embora depois de amanhã. Está casado e feliz. Tem três filhos. A mulher e os filhos estavam lá. Você e a Claudia também...

Meu pai continuou mudo. O monstro, eu senti em sua respiração agitada, despontando.

Naquela noite o sono não me bateu com força nem conseguiu me afundar nas profundezas, onde tudo é macio e a gente se perde do mundo, mas me deixou em um limbo, que era como dormir acordada, presa a um espaço minúsculo entre as pálpebras fechadas e os olhos.

Vi a Rebeca criança, lutando para não dormir no velório. Vi o *viruñas*, em meio às pessoas, encurvado e escorregadio, movendo-se como eu no espelho da

250

quinta. Rebeca cabeceava e ele se aproximava. Ninguém o via porque estava no outro lado da casa. Tinha uma cabeçona, nariz de batata e o corpo raquítico como eu na bola da árvore de Natal da Zas. Rebeca fechou os olhos, não conseguiu mais abri-los, e entendi que o *viruñas* não era eu, mas o monstro do meu pai. Começou a trançar os cabelos de Rebeca e a fez chorar. Se os olhos dela estavam fechados não era porque ela dormia, mas porque estava morta e não era mais a Rebeca criança. Era a adulta, sua avó desaparecida, enterrada pela selva do andar de baixo entre as folhas caídas, que eram os meus mortos, tão pequena que cabia em uma caixa branca de bebê. O monstro do meu pai, quando terminou de trançá-la, encolheu-se para se enfiar por uma fresta entre seus dentes tortos, e ela já não era a Rebeca desaparecida, mas a mãe menina do meu pai, feliz em tê-lo outra vez dentro de si, na sua barriga.

De repente eu me vi na quinta. Era noite. Estava em frente ao espelho do corredor e no reflexo era eu, morena e baixinha, de camisola branca, com Paulina nos braços. Nós duas tínhamos as tranças embutidas das meninas e nossa cabeça doía. Uma neblina passou na frente, nos cobriu e, quando se desfez, estávamos na beira do precipício. O abismo nos chamava, nos puxava. Eu lhe oferecia Paulina para acalmá-lo e ele a devorava, mas não era suficiente e agora ele me queria também. Claudia, ele me chamava. Claudiaaa, um uivo igual ao do vento encanado. Eu resistia com todas as minhas forças, tentando romper o fio que lá debaixo, entre as folhas secas, todos os meus mortos, me puxava.

Então o abismo, como não conseguia fazer com que eu me atirasse nem podia me devorar, entrava pelos meus olhos, uma coisa deliciosa e horrível, uma bolinha saltitante na barriga e uma náusea asquerosa e pestilenta, até ficar bem enterrado em mim.

A luz do sol. Abri os olhos. Era dia e, assim como daquela vez na quinta, foi como se não tivesse passado tempo nenhum desde que eu fechara os olhos.

Era meu aniversário, o dia da Independência. Lucila não estava, minha mãe preparou o café da manhã e nos sentamos para comer. Meu pai não olhava para ela.

— Ficaram bons os ovos?

— Aham.

— Quer que eu passe o sal?

— Não.

— Estava pensando que podíamos ir ao clube.

— E entramos como? — disse ele sem entonação.

— Pedimos ao marido da Gloria Inés para autorizar a nossa entrada. Almoçamos lá e passamos a tarde na piscina. Podemos convidar a Amelia.

— Sim! — disse animada. — Vamos convidar a minha tia.

— Ela não vai querer ir.

— Bom, então vamos os três.

No clube, minha mãe ainda tentou agradar o meu pai por mais algum tempo, mas ele não reagiu, então ela desistiu e passou a agir igual a ele. Não o olhava, não lhe dirigia a palavra e andava como se o pescoço estivesse paralisado e não pudesse girar a cabeça.

À noite, enquanto comíamos, ele olhou para ela. Ela, nada, o pescoço paralisado.

Na manhã seguinte, durante o café, ele falou com ela.

— Me passa o açúcar?

Ela, sem olhar para ele, arrastou o açucareiro na sua direção.

— Obrigado — disse ele, sorrindo.

Minha mãe continuou do mesmo jeito por um tempo, mas o monstro estava apaziguado, e ao final do café da manhã meus pais já se falavam e tudo voltou ao normal.

De presente de aniversário, minha tia Amelia me deu uma calça jeans e uma camiseta. Meus pais, outras roupas. Quando meu pai saiu para o supermercado no dia seguinte, minha mãe e eu subimos até o meu quarto para ela medir a roupa nova.

— Você ficou nervosa quando viu o Patrick?

Nós ainda não tínhamos tomado banho e ela estava sentada na minha cama, de pijama e descabelada.

— Sim.

— Ele é lindo.

— Não é?

— O filho também, mas é mais bobo.

— Bobo por quê?

Não soube o que dizer.

— Será que você não gosta dele?

— Nãooo — disse, indignada.

Ela riu.

— Você ainda gosta do Patrick?

Agora foi ela que não soube o que responder.

— Eu não devia ter bebido — disse ela. E depois: — Vamos medir essa calça, xará.

Ela deve ter encostado em alguma coisa debaixo da cama com os pés, pois se dobrou para ver e encontrou o retrato, aquele que eu fiz dela na minha aula de artes. Pegou-o. O presente-surpresa que eu quis lhe dar de aniversário, quando estava com rinite, e que ela nem sequer olhou. Ficou olhando para ele espantada.

— É espetacular.

Era quadrado. Um perfil com o fundo mostarda, como o nosso Renault 12, porque essa cor lhe caía bem e porque ela tinha me pedido. Na foto da qual o copiei ela estava com uma camisa azul. Na pintura eu colori de vinho-tinto, igual aos lábios. O nariz reto e triangular e o cabelo solto. Eu me esforcei para que parecesse real, não uma mancha, mas uma coleção de fios independentes cor de chocolate.

— Como é que não o penduramos antes, hein?

Dei de ombros.

— Ai, Claudia, me perdoa.

Ela se levantou. Mediu-o em uma parede do meu quarto e eu disse que ficaria melhor no escritório, com os retratos familiares.

— Você tem razão.

Fomos atrás do martelo e dos pregos. Depois de testá-lo em vários lugares, decidimos deixá-lo ao lado da foto do meu nascimento. Um quadro da minha mãe a óleo, com meu traço de criança e sem moldura.

Faltavam alguns dias para a volta às aulas. Minha mãe e eu fomos ao centro comercial comprar os meus uniformes. A loja era estreita, com prateleiras metálicas abarrotadas de peças, que mal deixavam espaço para andar. Atrás de nós chegaram María del Carmen e sua mãe.

Enquanto as mulheres conversavam, María del Carmen e eu fomos para o jardim da frente. Ela estava descascando. Falou de suas férias em San Andrés e eu das minhas na quinta de uma mulher que desapareceu. Arregalou os olhos. Contei que ela tinha aparecido no fundo de um abismo, dos ossos, do velório e do pequeno caixão branco. Ela arregalou os olhos ainda mais. Então nos demos conta de que o muro do jardim parecia um precipício horrível e nós o percorremos, nos equilibrando em cima dele para não cair.

— Eu gostaria de trabalhar — disse minha mãe naquela noite enquanto comíamos empanadas.

Meu pai e eu olhamos para ela surpresos.

— A mãe da María del Carmen me disse que estão contratando na La Pinacoteca.

— O que é isso? — perguntei.

— Um armazém de móveis.

— Você trabalharia de quê? — disse meu pai.

— De vendedora. Não querem pessoas com experiência, mas sim donas de casa. A mãe da María del Carmen trabalhou nestas férias enquanto a María del Carmen ia à aula de ginástica olímpica.

Ela conseguia dar três piruetas para trás seguidas.

— Eu quero fazer ginástica olímpica.

— Eu poderia pedir para eles me darem os turnos da manhã e ir enquanto a Claudia estiver no colégio. Aos sábados você a leva para o supermercado.

— E eu não vou entrar na ginástica olímpica?

— Não precisa.

— Mas eu quero.

— Podemos discutir isso em outro momento, Claudia. Agora estamos falando do meu trabalho.

Olhamos para o meu pai.

— Não entendo por que você quer trabalhar.

Meu pai não entendeu, mas não se opôs. As férias acabaram, voltei para o colégio e minha mãe começou a trabalhar.

Ela se levantava cedo, tomava café de pijama conosco e depois subia para o quarto para escolher o que ia vestir. Eu, que já estava penteada e de uniforme, a ajudava. Estendíamos as peças na cama, colocávamos os sapatos ao lado, no chão, e pegávamos os acessórios da caixa.

— Melhor o colar de lápis-lazúli — dizia eu.

Ou:

— Esses saltos não combinam com nada.

Lucila gritava lá de baixo que eu ia chegar atrasada no colégio. Então eu dava um beijo na minha mãe e descia correndo.

La Pinacoteca ficava na avenida Octava. Uma casa de dois andares que tinha sido residencial, com as janelas transformadas em vitrines e mercadorias caras de ratã. Eu só a tinha visto por fora e de passagem no carro, mas conseguia imaginar minha mãe lá dentro, tão bonita, com a roupa que tínhamos escolhido, que deixava os clientes abobalhados olhando para ela em vez de olharem para os móveis e enfeites que ela tentava lhes vender.

Ela chegava em casa sempre antes de mim e eu a encontrava feliz, maquiada, com a roupa intacta e cheia de histórias. Não parava de falar. Contava dos clientes, alguns estrangeiros que não falavam espanhol, de suas gafes com o inglês e com os descontos, porque não sabia fazer direito a porcentagem na calculadora, do que conseguia vender e dos preços exorbitantes de todas as coisas naquele armazém.

À noite, enquanto comíamos, repetia as histórias para o meu pai e nós ríamos outra vez.

Numa sexta, quando cheguei do colégio, não a encontrei no apartamento. Procurei no andar de baixo e no de cima, no seu quarto, no meu, no escritório, no banheiro...

— Lucila, onde está minha mãe? — gritei do gradil do corredor.

Ela saiu da cozinha.

— Ligou para dizer que hoje vai chegar um pouquinho mais tarde.

Estava segurando o meu prato de almoço já servido.

— Venha comer, menina Claudia.

Ela levou o prato para a mesa de jantar e foi para a cozinha. Eu desci e me sentei. O apartamento, apesar de cheio de plantas, parecia vazio e maior. A selva já estava recuperada, as folhas tão verdes como se minha mãe tivesse acabado de passar o pano nelas. Então se ouviu o tilintar das chaves da minha mãe, a porta se abrindo, seus saltos. Eu me levantei e fui correndo até ela.

— Oi, mamãe.

— Olha isso — disse, pegando a carteira.

— Quanto dinheiro.

— Não é tanto assim — riu —, mas é meu primeiro salário.

Naquela tarde ela me levou a Sears. Primeiro passamos na seção de brinquedos e eu gostei de uma boneca que tinha um ar de Paulina. Depois, na seção de roupas, eu gostei de um macacão jeans com camiseta vermelha. Não consegui me decidir e ela comprou as duas peças.

Caminhamos até a Dari. Pagamos e fomos para as mesas, eu com meu sorvete na mão. Nós nos sentamos. A boneca tinha um cabelo café-avermelhado, não tão cheio como o de Paulina, e os olhos azuis apesar de ordinários, com as pálpebras fixas e os cílios pintados na pele.

— Estão mortos — disse.

— Quem?

— Os olhos, olha.

Minha mãe estava olhando para a Zas. Por causa da distância, das luzes e das sombras, não dava para enxergar através da vitrine. Havia dois carros estacionados na calçada e, entre eles, uma árvore com as folhas balançando pela brisa. A porta se abriu e um homem saiu. Não carregava sacola de compras nem se afastou. Estava tomando um ar. Era um vendedor. Vestia-se igual ao Gonzalo, com a camisa de cor clara e a calça preta apertada na bunda.

— Mamãe, obrigada pelos presentes.

Ela virou lentamente a cabeça na minha direção.

— Eu adorei. — Sorri.

Não demorou muito tempo para minha mãe chegar tarde outra vez, vestida, maquiada, com os acessórios e o penteado intactos, mas sem o entusiasmo.

— Que cansaço.

Eu estava almoçando.

— Foi muito pesado hoje?

Ela desabou em uma cadeira.

— Olha só a hora. Quase não consigo sair. Meus pés estão doendo de tanto ficar em pé.

Tirou os saltos.

— Tadinha.

— Foram três japoneses. Eu não entendia nada do que diziam. Mostrei a eles toda a mercadoria. Percorri o armazém três vezes. De uma ponta à outra, do primeiro ao segundo andar. E o que eles compraram?

— O quê?

— O porta-retratos mais barato. E a dona ainda jogou a culpa em mim. Você acredita?

Ao chegar do colégio, eu a encontrava com os pés em uma bacia de água quente.

— Aquela velha é insuportável.

— Qual velha?

— A dona.

Os sapatos de salto jogados no chão e ela praguejando.

— Hoje também foi ruim para você?

— Péssimo!

Agora ela estava sempre de mau humor e era melhor não lhe perguntar nada, deixá-la quieta.

Eu almoçava e ela tirava a roupa. Eu fazia a lição de casa e ela tomava banho. Eu assistia à *Vila Sésamo* e ela descia com a roupa suja daquele dia para Lucila lavar.

— À mão, ouviu? Não quero que você estrague esta blusa, Lucila, é muito fina.

À noite, enquanto comíamos, ela reclamava da dona, dos clientes, dos preços exorbitantes, de que não vendia, do seu salário.

Foi um alívio quando ela desistiu.

— E a velha furiosa.

— O que ela disse para você?

— Ela começou com um tonzinho de reprovação e eu fui logo dizendo umas verdades.

— O que você disse?

— Até que ela ia morrer.

Quando voltava do colégio, eu a encontrava na cama com uma revista. Eu almoçava e ela passava as páginas. Eu fazia a lição e ela passava as páginas. Eu assistia à *Vila Sésamo* e ela passava as páginas.

— Mamãe — disse a ela numa segunda-feira —, preciso da sua ajuda para o trabalho de estudos sociais. Você precisa decalcar um mapa da Colômbia e colar no meu caderno.

— Você não pode fazer isso?

— Posso, mas a professora disse para a gente pedir esse favor para a nossa mãe.

Ela tirou os olhos da revista para confirmar se era verdade.

— Eu juro. Ela repetiu isso mil vezes.

— Que as mães tinham que fazer o dever de casa?

— Sim, decalcar o mapa do atlas e colar no caderno com muito cuidado, para que fique certinho, em formato vertical, em uma só página, em vez de horizontal em duas. Vamos trabalhar com ele a semana toda.

— Não estou entendendo.

— Vem comigo até o escritório que eu mostro para você.

Eu tinha deixado tudo pronto para ela na escrivaninha: o papel vegetal, o lápis, o atlas aberto, meu caderno e a cola.

— Você tem que decalcar este mapa e colar aqui.

Indiquei a página direita do caderno no sentido vertical.

— Não assim.

Indiquei as duas páginas no sentido horizontal.

— É muito importante que fique só nesta página.

Mostrei a ela de novo.

— Está bem.

— Entendeu?

— Entendi, Claudia.

Ela começou a decalcar e eu acompanhei o seu traço com o olhar. Fiquei entediada e liguei a televisão. Estava passando *Vila Sésamo*, que eu começava a achar um programa bobo. *Acima, abaixo, através. Ao redor, ao redor... Acima, abaixo, através...* Ai, por favor, uma coisa de jardim de infância. Mesmo assim, quando Beto e Ênio apareceram de pijama, um roncando e o outro o observando, fiquei hipnotizada.

— Terminei — disse minha mãe.

Eu meio que me virei para ela.

— Obrigada.

E logo voltei para a tela.

— Guardo o caderno na maleta?

— Isso.

O Conde Contar, em seu castelo com morcegos, ainda era o meu favorito. *Conto devagar e também rápido e sem limite, conto sem parar. Mais rápido, muito mais rápido, só paro para respirar...*

Só abri o caderno no dia seguinte, quando a professora de estudos sociais mandou. Não podia ser. O mapa estava bem decalcado, mas colado na horizontal e usando as duas páginas. Exatamente o contrário do que foi pedido. Exatamente como a professora nos avisou para não fazer.

Ela, magra, mais velha, com saia até o joelho e cabelo repartido no meio como uma cortina, foi nos chamando à sua mesa, por ordem alfabética, para revisar a tarefa. A cada menina ela fazia um elogio, dava para ver.

Chegou a minha vez. Eu me levantei, fui até ela e lhe entreguei o caderno. Fechei os olhos para respirar. Quando voltei a abrir, ela estava mostrando meu caderno aberto para a turma.

— Exatamente o contrário do que foi pedido — disse ela com sua voz penetrante, que parecia vir de um aparelho de som. — Exatamente como eu avisei que não era para fazer.

Baixou o caderno e olhou para mim.

— Qual é a sua explicação, senhorita?

Eu não disse nada.

— Você não seguiu minhas instruções. Quem colaria um mapa desse jeito? Olhe que coisa horrível. — Fechou o caderno com desdém. — Você não pediu ajuda à sua mãe.

Olhei para ela surpresa.

— Não é verdade?

Seus olhos eram cor de café, muito escuros, e a parte branca estava mais para amarela. Olhei para a turma.

Minhas colegas, nas suas carteiras, esperavam uma resposta.

— É verdade — disse, porque preferia que pensassem que a tosca que havia feito aquela coisa horrível era eu.

A professora balançou a cabeça e me entregou o caderno.

— Sua nota é zero.

Eu a vi escrever de vermelho na lista e voltei para o meu lugar.

No recreio, María del Carmen e eu nos sentamos frente a frente com nossas lancheiras.

— Como é que você vai recuperar esse zero agora?

O pátio era uma chapa de cimento, sem grama ou plantas. Apenas um monte de meninas, todas iguais, com o uniforme de saia azul e camisa branca, as meias até os joelhos, os sapatos pretos, sentadas como nós ou de pé, conversando, brincando, correndo...

— Não sei.

— Por que você não pediu ajuda à sua mãe?

Estive prestes a contar a verdade. Que pedi ajuda e expliquei detalhadamente o que ela deveria fazer, que ela não entendeu porque não quis, porque minha mãe não se importava com nada, nem comigo, nem com as minhas tarefas, só com as suas revistas e a sua cama, que ela passava o dia todo deitada sem fazer nada. Estive a ponto de desatar a chorar. O choro já subia pela minha garganta como uma bola de pelo. Mas María del Carmen não estava perguntando de verdade, estava me repreendendo. Ela continuou falando:

— Minha mãe diz que a sua mãe é a mais bonita e elegante das mães da turma.

A bola de choro, espessa e seca, ficou no meio do caminho e tive que engoli-la.

— É sério?

— Uma mulher perfeita.

Eu queria sorrir e acabei fazendo uma careta de órfã como a do meu pai. Não sei como a María del Carmen não percebeu e sorriu para mim, normalmente, de volta.

Lucila pegou minha lancheira.

— Menina Claudia.

Começamos a andar.

— Eu odeio a minha mãe.

— Não diga isso.

— Ela fez minha lição errado. A professora mostrou para todas as minhas colegas e me deu zero.

Lucila não disse nada.

— Vou cortar o cabelo dela com uma tesoura.

— De quem?

— Da minha mãe.

— Não diga isso.

— Vou empurrar ela da escada.

— Só de pensar essas coisas já é pecado.

— Então vou dizer a verdade para ela: que é a pior mãe do mundo.

— Coitadinha, frágil do jeito que ela está.

— Minha mãe está frágil?

— Hoje eu que tive que regar as plantas...

Eu a encarei. Ela continuou com os olhos fixos à frente e nenhuma de nós duas disse mais nada.

Lucila abriu a porta do apartamento. Tive a impressão de que ele estava mais calmo do que nunca, com as plantas imóveis e os espaços tomados pelo silêncio. Ela entrou na cozinha. Eu, com a minha maleta nas costas, sem esperar nada de bom, ainda mais depois das minhas palavras, subi a escada.

Não havia luz no quarto dos meus pais. Dei dois passos e espiei. Lá dentro parecia uma caverna. Minha mãe respirava devagar e estava encolhida na cama, coberta com o lençol, apesar do calor. Parecia pequena, uma anciã nas últimas, como se durante minhas horas no colégio ela tivesse sido consumida e não restasse mais nada da sua vida além daquela respiração lenta.

Desde o velório de Rebeca ela não tomava uísque. Tampouco antialérgicos. Não andava com o nariz vermelho, voz fanhosa ou caixas de lenço de papel. Virei para o corredor para examinar, pela vidraça, o estado dos ipês. Não estavam floridos. Nem pelados. Estavam verdes outra vez e em cada galho havia brotos novos.

A escada nua, aos meus pés, com as tábuas e os tubos de aço preto, me pareceu mais abismal que o precipício da quinta, mais íngreme e terrível. A selva, embaixo, abundante, com as plantas verdes e saudáveis. O vento da tarde entrou pelas janelas, a selva despertou da sua quietude e o apartamento, apesar da minha mãe, virou uma festa.

intrinseca.com.br

@intrinseca

editoraintrinseca

@intrinseca

@editoraintrinseca

intrinsecaeditora

1ª edição	MAIO DE 2022
reimpressão	JULHO DE 2025
impressão	LIS GRÁFICA
papel de miolo	LUX CREAM 60 G/M²
papel de capa	CARTÃO SUPREMO ALTA ALVURA 250 G/M²
tipografia	COCHIN